中国现代文学馆
馆藏研究丛书

先生

风度

——老照片背后的旧年华

王雪 著

中国言实出版社

图书在版编目（CIP）数据

先生风度：老照片背后的旧年华 / 王雪著 .
-- 北京：中国言实出版社 ,2020.7
　（中国现代文学馆馆藏研究丛书 / 王雪主编）
　ISBN 978-7-5171-3482-4

　Ⅰ.①先… Ⅱ.①王… Ⅲ.①中国文学—现代文学史
Ⅳ.① I209.6

中国版本图书馆 CIP 数据核字（2020）第 101644 号

出 版 人　王昕朋
责任编辑　宫媛媛　李昌鹏
责任校对　代青霞

出版发行　中国言实出版社
　　地　　址：北京市朝阳区北苑路 180 号加利大厦 5 号楼 105 室
　　邮　　编：100101
　　编辑部：北京市海淀区花园路 6 号院 B 座 6 层
　　邮　　编：100088
　　电　　话：64924853（总编室）　64924716（发行部）
　　网　　址：www.zgyscbs.cn
　　E-mail：zgyscbs@263.net
经　　销　新华书店
印　　刷　北京中科印刷有限公司
版　　次　2020 年 7 月第 1 版　2020 年 7 月第 1 次印刷
规　　格　710 毫米 × 1000 毫米　1/16　12.75 印张
字　　数　168 千字
定　　价　46.00 元　　ISBN 978-7-5171-3482-4

序

2011 年，我调入中国现代文学馆，有缘结识了在文学馆工作的很多研究人员。他们的学术背景各不相同，研究领域也有差异，但认真的工作态度却是共同的。我为自己能有这样一批同事而深感自豪。本书的作者王雪博士，就是其中的佼佼者。她负责任的态度和专业性的研究工作，都给我留下了深刻印象。

众所周知，中国现代文学馆是在巴金先生倡议下成立的，是世界上规模最大的文学博物馆。这里收藏的中国现当代作家的手稿、日记、图像资料及初版本图书等，都是中国文学史上的珍贵文物。因为有这些文物，我甚至倾向于把中国现代文学馆称为现代以来中国人的情感记忆库。多年来，文学馆的研究人员与这些珍贵的文物朝夕相处，他们熟悉、热爱这些文物，在业余时间为它们写下了许多宝贵文字。这些文字不仅是人们了解馆藏状况的重要资料，而且是进入这个情感记忆库的特殊渠道。

在中国现代文学馆，王雪博士主要从事征集和办展。她对各种展览中涉及的重要图片，从不同角度进行了综合的讲述。她是在用自己的心灵，跟文学史上的人物进行心灵对话。在拜读本书的过程中，我深感她写下的这些文字，集知识性、趣味性于一炉，图文呼应，很值得一读。我想，这些文字既有益于读者增加相关的文学知识，也有益于读者理解中国现当代文学走过的不平坦的道路，在某种程度上也有益于读者了解自己。

据我所知，王雪的博士论文是以顾颉刚先生为研究对象，探讨中国知识分子到民间去的想象与行动。顾颉刚先生除了以《古史辨》风靡学界外，还在通俗化新通史以及编辑创作民众读物方面做出了杰出贡献。这样的学术训练和背景，无疑对王雪博士是有影响的。在日常工作和科研生活之外，王雪博士愿意写下这些文字，一定是受到了研究对象精神世界的感染。显然，她是有着丰富内心世界的人。

我认同并鼓励她的工作，祝愿她以后能为读者奉献更多更好的文字。

李　洱

2020 年 6 月 9 日

目 录

● 我"作"我精彩

我"作"我精彩 ●

临行的纪念

——1936 年萧红最后的微笑

1936 年 7 月 16 日，萧红东渡日本前与两位挚友合影。最左边穿西装打领带、颇显内敛文弱的是黄源；中间豪放不羁地敞开外套、脸上挂着一股玩世不恭笑容的，正是与萧红轰轰烈烈相爱又不欢而散的萧军；最右边一身旗袍、端庄典雅，露出一抹恬静微笑的就是被誉为 20 世纪"三十年代文学洛神"的萧红（见第 4 页照片）。

那一年，黄源 31 岁，萧军 29 岁，萧红只有 25 岁。照片上的三位年轻人都带着笑脸，但萧红的笑容背后却隐隐约约透出一丝悲哀与凄凉。1935 年与 1936 年是萧红创作的高峰期，《生死场》的出版让她几乎一夜成名。但对于极重感情的萧红而言，与萧军感情上的不和让这一切事业上的

萧 红

（1911—1942），原名张逎莹，笔名悄吟，黑龙江呼兰县人。"东北作家群"代表作家。她的作品以女性特有的细腻感情和优美抒情的文笔，表现出在封建压迫和帝国主义铁蹄下的民族的不屈灵魂。

那一年，黄源 31 岁，萧军 29 岁，萧红只有 25 岁。照片上的三位年轻人都带着微笑。

成功都显得那样微不足道。偌大的上海，除了鲁迅先生的家以外，她毫无去处。但当时长期受到病痛折磨的鲁迅自顾不暇，萧红也意识到自己的到来会给先生原本已经千头万绪的生活增添不少麻烦，便决心听从朋友的劝告——去日本放松一下心情，也寄望着此次离别能够让自己与萧军各自冷静反思一番，缓解彼此的矛盾。

萧红与萧军初识于 1932 年 7 月 12 日，此前，萧红正处在婚姻失败的阴影之中，她在感情上的犹疑不决加之夫妻二人经济上的窘迫让原本不深的感情消失殆尽，丈夫选择了抛弃已经怀孕的萧红。在拖欠当时租住的旅馆不少食宿费的情况下，萧红万般无奈，不得不向故交《国际协报》文艺副刊主编裴馨园发信求助。萧军受裴馨园之托到东兴顺旅馆看望萧红，本想把信送达后就离开，但万万没想到二人相见恨晚，飞快陷入热恋。

萧军曾这样回忆初次见到萧红："一个女人似的轮廓出现在我的眼前，半长的头发散散地披挂在肩头前后，一张近于圆形的苍白的脸幅嵌在头发的中间，有一双特大的闪亮眼睛直直地盯视着我……使我惊讶的是，她的散发中间已经有了明显的白发，在灯光下闪闪发亮，再就是她那怀有身孕的体形，看来不久就可能到临产期了……"

起初萧军只是对看来身世可怜的女人心怀同情，然而，当他看到萧红的文章时，他的看法发生了极大的转变，一些莫名的情愫也开始不断萌生滋长："这时候，我似乎感到世界在变了……出现在我面前的是我认识过的女性中最美丽的人！也可能是世界上最美的人！她初步给我的那一切形象和印象全不见了，全消泯了……在我的面前只剩下一颗晶明的、美丽的、可爱的、闪光的灵魂！"

对于当时深陷窘境的萧红而言，萧军的欣赏与关怀无疑是救世主般的存在。自小飘零，又在情感上几经波折，这个男人对她的欣赏、

照顾和无私的帮助让萧红感受到了前所未有的温暖。1932年8月12日，萧红按照萧军留下的地址来到了他的家里，两人便从此走在了一起。萧红顺利产下一名女婴，但迫于经济压力，只得将其送人。之后萧红与萧军这两个在文学上彼此欣赏又志同道合的青年人便开始了他们共同生活的时光。

由于经济上的窘迫，两人经常过着食不果腹的生活，最艰难的时候，他们交付了房租，便囊空如洗，再没有多余的钱租被褥；在哈尔滨滴水成冰的冬天，他们用脸盆喝过水，一起啃一块干粮。贫穷让他们彼此依靠的心看似毫无缝隙地结合在一起，许多隐藏的矛盾和性格上的冲突也暂时被掩盖起来。直到后来，萧军找到了家教的工作，有了固定的收入，两人的生活才逐渐有了点起色。

1934年11月初，两人前往上海，结识鲁迅。不久，萧红的长篇小说《生死场》出版，在文学界引起巨大轰动。鲁迅在为《生死场》所作的序言中，称赞萧红所描写的"北方人民对于生的坚强，对于死的挣扎却往往已经力透纸背；女性作品的细致的观察和越轨的笔致，又增加了不少明丽和新鲜"。萧红也凭借着这部作品成了当时中国文坛极有分量的女作家之一。其后不久，萧军在鲁迅的帮助下，文学创作也进入高产期，同时成

1940年，萧红到香港，先后创作了表现知识分子生活的长篇小说《马伯乐》和自传体的长篇小说《呼兰河传》。

为左翼文化运动的一名"主将",《八月的乡村》一书也奠定了萧军在中国现代文学史上的地位。

正当一片崭新的广阔天地在这对饱经磨难的文坛情侣面前展开时,他们之间的爱却早已在不知不觉中产生了裂痕。萧军只上过小学,十八岁从军并在部队中开始写作生涯,与生俱来的天性加之多年的军旅生活造就了他的性格。不同于情感细腻柔软的萧红,萧军的感情相比之下显得更加热烈却又飘忽不定。也许从一开始就注定这段感情是不平等的,萧军一直自持"救赎者"的身份,居高临下地俯视着萧红。萧红的感情经历在他心中并未完全释怀,而随着经济状况的好转和萧红文坛地位的逐渐确立,曾经处于绝对弱势地位的萧红也不再如以前那般事事依赖萧军。

尽管萧红仍是那样爱着萧军,对他关心备至,但萧军却经常借种种莫须有的理由对她进行侮辱。萧军晚年时也曾坦承,当初并未拿萧红当成自己最后的归宿:"她单纯、淳厚、倔强,有才能,我爱她,但她不是妻子,尤其不是我的。"

当时就有人说看见萧红和萧军一起出来散步,萧军总是独自高傲地走在前面,萧红则顺从地跟在后面。更严重的时候萧军甚至对她实施暴力,萧红的脸经常被打得发青发紫,有人关切地问这是怎么弄的,萧红不好意思地说是不小心撞伤的,但萧军却露出轻蔑的神情说:"别不要脸了,是

《呼兰河传》是作者的又一部力作,标志着萧红的创作已然成熟。茅盾在序言中称"它是一篇叙事诗,一幅多彩的风景画,一串凄婉的歌谣"。

我揍的！"这样的话让萧红如何忍受？就这样，带着深深的悲哀与无奈，萧红离开了他，去往一个陌生的环境，希望在那里获得新生。

临行的前一天，萧红来到鲁迅先生家告别，身体不适的先生还特地设宴为她饯行，没想到这一别竟成永诀。萧红离开后三个月，1936年10月19日鲁迅逝世。萧红因不熟日文，对于日本报纸上的报道，只能"渺渺茫茫知道一点"。当确知噩耗后，24日即写信给萧军："昨夜，我是不能不哭了，可惜我的哭声不能和你们的哭声混在一道。"鲁迅对萧红而言，既是恩师，也是文学创作道路上有知遇之恩的前辈。鲁迅接受美国记者埃德加·斯诺采访时，斯诺问他："当今文坛上最有影响力的作家有哪些？"鲁迅毫不犹豫地回答："萧军的妻子萧红，是当今中国最有前途的女作家，很可能成为丁玲的后继者……"

此后，给萧红再一次打击的事情发生了。萧军竟然与黄源的妻子许奥华（笔名雨田）相爱了，这就是萧军所谓的"短时期感情上的纠葛"，更严重的是许奥华竟然怀上了萧军的孩子！虽然后来孩子被打掉，二人也分手了，但这件事对萧红与黄源的打击可想而知。那一年，三人拍摄合影时，并不知道等待他们的将是怎样的爱恨纠葛，也丝毫不知道命运的脉络将把他们带向何处。

从日本归国后不久，萧红就与萧军正式分手了，此后的感情也是一路坎坷，更是年纪轻轻就因病离世。萧红曾经无限悲凉地说过："女性的天空是低的，羽翼是稀薄的……女性有着过多的自我牺牲精神。这不是勇敢，倒是怯懦。不错，我要飞，但同时觉得……我会掉下来。我总是一个人走路，我好像命定要一个人走路似的……"曾经以为的救赎并未成为真正意义上的倚靠，在那个漂泊无定的年代，本就脆弱的感情更是经不起风吹雨打，终于一次又一次地碎裂了，凭着一颗坚韧勇敢的心，是否能一次次地冲破黑暗、继续前行呢？

照片上的微笑背后，记录了萧红临行前的愁苦与彷徨，也记录了"二萧"感情的破裂，更记录了三人那永不再来的"青葱"岁月与纯洁友谊。

参考文献：

[1] 萧红.萧红全集 [M].北京燕山出版社，2014.

[2] 晓川，彭放主编.萧红研究七十年 [M].北方文艺出版社，2011.

[3] 彭放，晓川主编.百年诞辰忆萧红 [M].北方文艺出版社，2011.

[4] 葛浩文.萧红传 [M].复旦大学出版社，2011.

[5] 叶君.从异乡到异乡 [M].中国社会科学出版社，2009.

[6] 曹革成.我的婶婶萧红 [M].时代文艺出版社，2005.

[7] 程光炜等.中国现代文学史 [M].中国人民大学出版社，2000.

[8] 李舫.从鲁迅为萧红萧军作序谈起 [N].文艺报.2015—12—21(7).

爱情的抉择

——1928 年的林徽因

林徽因

（1904—1955），原名林徽音，原籍福建闽侯，现代作家、建筑学家。

我国著名建筑师梁思成、林徽因夫妇是一对众所周知的学者伉俪，无论学界还是民间，他们不同寻常的家世、才华与爱情的传说似乎一直在流传，经久不断。人们皆称林徽因是才女、女神，人们羡慕她与梁思成天作之合的美满婚姻（见第12页照片），更对她与诗人徐志摩、哲学家金岳霖的感情充满好奇。这位集智慧和美丽于一身的女建筑家在人们的大胆猜测中常常变了形、走了样。流言背后站立的女子反而有点陌生了。她坚持自己的追求，理智又独立。

—

林徽因与徐志摩相识，是在 1920 年随父亲去英国考察的途中。徐志摩是林徽因父亲林长民的朋友，当时已经结婚，有二十四岁，是一个两岁孩子的父亲。林徽因虽然还只是个十六岁的女学生，却早已表现出极为出众的才华。徐志摩为林徽因的美丽与才华所吸引，对她评价极高。后来徐志摩曾在《猛虎集》的序中提到，他在二十四岁以前，与诗"完全没有相干"，与林徽因的相遇，一刹那的激赏与热情，激发了他的新诗创作灵感。他以诗人的热情与优雅向林徽因表达了爱意，并在同年向发妻张幼仪提出离婚。林徽因虽年幼，却性格独立，无法接受与一个已婚男子恋爱。虽然她欣赏徐志摩的才华，却更为自己对他人婚姻和家庭施加了影响而感到痛苦自责。林徽因将自己的心情与感受对徐志摩和盘托出，也向他表达了自己不可能与他在一起的决定。后来他们一起组织新月社活动，也常有书信往来。1924年印度诗人泰戈尔访华时，徐志摩和林徽因共同担任翻译，陪同泰戈尔在北京度过了一段愉快的时光，传为美谈。林徽因后来曾对儿女说："徐志摩当时爱的并不是真正的我，而是他用诗人的浪漫情绪想象出来的林徽因，可我其实并不是他心目中所想的那样一个人。"无论徐志摩此后离婚还是再娶，写诗送给林徽因，林徽因始终不为所动。

从英国回来后，林徽因与早已相识的梁思成有了更多的交往。不仅梁思成的父亲梁启超和林徽因的父亲林长民觉得这门亲事门当户对十分合适，他们两人也在交往中建立起亲密的感情，彼此欣赏，更发掘出了共同的兴趣爱好。梁思成在林徽因的影响下决定出国学习建筑。两人在出国留学时，于1928年3月在加拿大渥太华举行了婚礼。婚后梁思成对林徽因呵护备至，夫妻两人琴瑟和谐，共同致力于建筑事业。归国后梁思成在东北大学任教，林徽因因身体不好，留在了北京。

这对洋溢着幸福笑容的眷侣是梁思成、林徽因。人们皆称林徽因是才女、女神，人们羡慕她与梁思成天作之合的美满婚姻，更对她与诗人徐志摩、哲学家金岳霖的感情充满好奇。

二

1931 年，梁思成从河北宝坻（今天津宝坻）考察古建筑回京，林徽因告诉他，她很痛苦地爱上了两个男人，一个是自己的丈夫，一个是隔壁邻居金岳霖。梁思成感谢林徽因对自己的信任，却也感受到无法形容的痛苦。思考了一夜，把三个人反复放在天平上衡量，他认为自己不如金岳霖。第二天，他将自己想了一夜的结果告诉了林徽因，他说：“你是自由的，如果你选择老金，我祝愿你们永远幸福。”后来林又将这些话转述给了金岳霖，金回答：“看来思成是真正爱你的，我不能伤害一个真正爱你的人，我应该退出。”这段感情因夫妻、朋友间的坦白信任，丝毫没有影响到三人的关系。

林徽因与梁思成住在总布胡同时，金岳霖就住在他家的后院，但另有旁门出入，金岳霖总是准时出现在林徽因的下午茶时间，梁思成有工作上的难题也总是请教金岳霖，甚至梁思成和林徽因吵架也常常请金岳霖来调解。金岳霖始终保持着最高的理智，站在一个不远不近的位置，以好朋友的身份守护着林徽因，他的爱宽容柔缓，却又坚定不移。

在林徽因的人生中，这三个男人对她的感情为她增添了太多传奇色彩。人们也总是将目光过多地集中在她的爱情上，却多少忽略了林徽因自己的成就。她精通英文，是中国第一代女建筑学家，是国徽设计的参与者，是人民英雄纪念碑的设计者之一，是传统景泰蓝工艺的拯救者。林徽因在建筑设计上有过人的天分，也是一位很好的建筑师，但她与梁思成合作则大多只画出草图，由梁思成将最初的草图一笔一笔地细致打造成完美的作品。林徽因在文学方面颇有造诣。在林徽因的著作中，既有作家敏感纤细的文学气质，又有建筑学家与生俱来的科学精神。即便是在学术论文和调查报告中，她也并非仅仅按部就班地记录，同样擅长用诗一般的语言描绘祖国古建筑中蕴含的智慧和精湛技艺。作为新月派诗人，在她清丽柔婉的诗歌中，同样可以看到建筑学功底的影子。她在《深笑》中写道："是谁笑成这百层塔高耸，让不知名鸟雀来盘旋？是谁笑成这万千个风铃的转动，从每一层琉璃的檐边，摇上云天？"她将那清脆的笑声比作古塔檐边的风铃，才思之妙令当时的许多读者击节叹赏。

卞之琳曾评价林徽因天生有诗人气质，她在表面上不过是梁思成的得力协作者，实际却是他灵感的源泉。在林徽因去世的追悼会上，守候她一生的金岳霖为她写下了"一身诗意千寻瀑，万古人间四月天"的著名挽联。

三

林徽因虽然从小生活在富贵家庭，却没有半分富家小姐的骄矜软弱。她耐得住学术的清冷寂寞，也同样受得了生活变故带来的艰辛与贫困。与梁思成在山西考察古建筑时，生活条件极为艰苦，她却仍然懂得欣赏："居然到了山西，天是透明的蓝，白云更流动得使人可以忘记很多的事，单单在一点什么感情底下，打滴溜转。"她在穷乡僻壤之间卧病，仍然坚持与梁思成一起完成了古建筑调查和实测的全部工作，不仅对建筑学研究做出了极大贡献，也使山西许多原本埋没在荒野之中的古建筑为世人所知，进而得以妥善保存，作为中国建筑文化的代表之一走向世界。

战争时期，林徽因和梁思成的野外调查工作被迫中断，北平沦陷时，全家也不得不辗转逃难到昆明。即使身处战争流亡之中，林徽因也同样安之若素，亲自提了瓶子上街打油买醋，与梁思成相伴，守护家庭，教育子女。来到云南避难的第二年，她还为云南大学设计了极具民族特色的女生宿舍。颠沛流离的生活让她肺病复发，缠绵病榻之时，她通读了二十四史中有关建筑的部分，为《中国建筑史》搜集资料，经常工作到深夜才休息。

后来，她终于协助梁思成完成了《中国建筑史》这一具有里程碑意义的著作，这部著作日后成为中国建筑学学生的必读书目之一。新中国成立后，林徽因与梁思成合作写成了《城市规划大纲》《中国建筑发展的历史阶段》等学术论文，为《新观察》等刊物撰写了十几篇介绍中国古建筑的通俗文章，使古建筑中的历史底蕴和古老智慧走向大众。

梁思成最懂、也最珍惜林徽因的才华，而他与林徽因志趣相投，互相成就更是成全了他们恩爱的一生。梁思成后来对自己的续弦妻子林洙说："林徽因是个很特别的人，她的才华是多方面的。不管是文学、艺术、建筑乃至哲学她都有很深的修养。她能作为一个严谨的科学工作者，和我一同到村野僻壤去调查古建筑，测量平面，爬梁上柱，作精确的分析比较；又能和徐志摩一起，用英语探讨英国古典文学或我国新诗创作。她具有哲学家的思维和高度概括事物的能力。所以作她

在 20 世纪 30 年代文坛上，林徽因是一位公认的多才多艺的女诗人，她作品不多，却字字珠玑，如《笑》《你是人间四月天》等，温馨柔美。除诗以外，她还陆续发表了一些小说、散文、剧本，很受文坛关注。

的丈夫很不容易。中国有句俗话，'文章是自己的好，老婆是人家的好'。可是对我来说，老婆是自己的好，文章是老婆的好。我不否认和林徽因在一起有时很累，因为她的思想太活跃，和她在一起，必须和她同样的反应敏捷才行，不然就跟不上她。"

美好的爱情有千百种不同的样子，成就梁思成与林徽因完美婚姻的，并不仅仅是郎才女貌的般配，更是灵魂的平等、心灵的相通与人格的互相尊重。他们年轻时一起留学，学成后一起寻访古建筑进行研究，战争中一起流亡，共同教育子女，走过了风风雨雨。新婚之夜，梁思成曾问林徽因："为什么你选择的人是我？"林徽因说："这个问题我要用一生来回答。"蜜月时的笑容只是照片上的一瞬，而坎坷中愈加坚固的感情，才是人生旅途上最贴心的温暖。林徽因用她一生温柔的爱与陪伴，做出了属于她自己的选择，对于梁思成问出的那一句"为什么是我"，给出了自己深刻完满的答案。

参考文献：

[1] 林徽因.林徽因讲建筑 [M].九州出版社，2005.

[2] 林徽因.一起走过的日子——纪念志摩去世四周年 [J].美文月刊，2012(5):34—36.

[3] 梁从诫编.林徽因文集.文学卷 [M].百花文艺出版社，1999.

[4] 林徽因.林徽因：山西通信 [J].中外书摘，2007(10):83.

[5] 徐志摩，卞之琳等.新月派诗选 [M].长江文艺出版社，2011.

[6] 刘小沁编选.窗子内外忆徽因 [M].人民文学出版社，2001.

[7] 徐志摩.猛虎集 [M].新月书店，1931.

只愿灵魂洁白，哪怕生命卑微

——1918 年的青年白薇

白　薇

（1893—1987），原名黄彰，湖南省资兴人。现代作家、剧作家。新中国成立后在北京青年艺术剧院工作，后根据自己的生活写出很多反映北大荒生活的作品。

中国现代文学史上著名的作家白薇曾经是出名的美女，据说鲁迅先生第一次见她时，开场白是"有人说你像仙女"。那时，白薇还是个叛逆的女学生，清秀甜美的面庞本该写满无忧无虑的欢乐，那样的青春年华本该是生命中最美的时光，却因白薇倔强的追求而变得辛酸苦楚（见第 18 页照片）。

白薇原名黄彰，父亲黄晦本是早年留学日本、参加过同盟会和辛亥革命的新派人士，按照常理，这样的父亲应开明大度，对儿女自由与幸福的向往也会抱着宽容和鼓励的态度。然而，在女儿的婚姻问题上，这位新派人士却出人意料的专制古板、毫不退让。白薇在父亲的逼迫下有过一段极

照片上这个美丽又知性的女子，是现代文学史上著名的作家白薇。白薇曾经是出名的美女，鲁迅先生第一次见她时，开场白是"有人说你像仙女"。

白薇 1922 年开始文学创作，1928年在鲁迅主编的《奔流》上发表成名作多幕剧《打出幽灵塔》，以自身经历的苦难为线索，揭露了封建势力对妇女的压迫，表达了作者对女性解放的追求。

其不幸的包办婚姻：婆婆和丈夫常常因一点微小的不满便痛打她，她的父母虽心疼，却坚决遵守礼法不予相救。最后在舅舅的帮助下，她才逃了出来；进了衡阳女三师读书。为表与过去的决裂之心，她特意剪短了自己的头发。在学校白薇学习努力，功课不错，就是表现得极不安分。她领着同学们驱逐洋教士，被校方视为害群之马，转送进了长沙女一师——一座封建势力更加顽固的学校。进入长沙女一师没多久，父亲黄晦就"杀"进学校，气势汹汹地捉拿白薇，一定要把她送回婆家不可。校方配合她父亲封锁学校，万般无奈的白薇最后在四妹和几个同学的帮助下，在墙根处挖了个洞口逃出。

靠着决不妥协的精神白薇勉强逃过了包办婚姻的虎口，之后她在同学和好心人的帮助下辗转来到东京求学，这一年是 1918 年，白薇 26 岁。迫于经济的压力，她一边求学一边在一名英国传教士家做女佣。学习之余，她每天吃着残羹剩饭，忍受着主人克扣工钱和不断加量的工作，身体越来越虚弱。本是花一样美丽的白薇，早年在婆婆家就几乎被打断了脚筋，在做女佣时又被缝军衣的机器压坏拇指，终致残疾。尽管生活条件如此艰苦，白薇还是以优异的成绩考入了日本女子最高学府——东京御茶水高等女子师范学校。在日本求学期间，白薇先主修生物学，兼学历史、教育及心理学，还自学过美学、佛学、哲学，后改攻文学，决心"以文学为武器，解剖封建资本主义的黑暗，同时表白被压迫者的惨痛"。1922 年，白薇在日本创作三幕剧《苏斐》，并担任主角，与留日学生一道公演。1926 年，《苏斐》在《小说月报》和鲁迅主编的《语丝》上发表，白薇叩开了通往文坛的大门。

至此，命运的种种磨难让白薇在顽强抗争之余也愈加清醒，所谓命运的悲剧背后，其实是封建社会的幽灵和腐朽的父权制度在支撑。对身陷不幸婚姻中的女子而言，原生家庭本应是遮风避雨的港湾和最后的退路，白薇却未能拥有这个港湾和退路，反因亲生父亲的强行包办而遭遇种种磨难，父亲这一本应高大的形象在她心中已轰然坍塌。早年的伤痛看似在平静的生活中逐渐愈合，对自由与美好的向往却从未曾熄灭，深埋下的反抗的种子在白薇心中萌发，越长越壮。

1926 年，白薇放弃两年官费研究生学习的机会，怀着满腔热忱回到祖国，投身大革命的浪潮。大革命失败后她加入了革命文艺团体"创造社"，得到鲁迅先生的赏识和培养。就在生活看似出现转机即将朝着美好方向走去之时，家中又一次传来噩耗！曾经帮助她逃跑的四妹，在父亲的逼迫下又要坠入包办婚姻的深渊之中了。愤怒的白薇多次给父亲写信，斥责的言语愈加激烈，终于使得父女关系彻底破裂。也许是因为这次彻底的决裂，白薇直到晚年都拒绝别人提起她姓黄，坚持说自己姓白。宁愿无根无家，也不愿以任何形式承认那个古板迂腐的"谋害"亲生女儿的人是父亲。也因为这一噩耗，白薇彻底看清了中国妇女的地位，决心以文学揭露、抨击这罪恶的社会。

对于白薇而言，文字是她的剑，亦是她的原乡与港湾。在创作中白薇向传统父权和封建旧俗发起无情的攻击，她将自己的满腔热血熔铸到一个个人物的悲欢离合之中，揭露了无数血淋淋的社会悲剧。写作的过程对白薇来说，也同样是叩问内心、寻找自我的过程。命运已经用无数的艰难给了她重重磨难，唯有在纸笔之间，她才有可能真正靠近那最纯粹的平静与最真挚的爱恋。

心中久积的创作热情和日益纯熟的创作技巧撞击出优秀的作品，也让白薇在文坛一鸣惊人。1928 年创作的《打出幽灵塔》极具代表性，剧本不仅以优美的文笔和独特的叙事方式见长，还体现出深刻的自我认同和对传统父权的强烈反抗。《打出幽灵塔》在鲁迅主编的《奔流》上发表后，在社会上产生了很大反响。剧中女主人公萧月林原本是一个无父无母的孤女，为主流社会所抛弃。后来由于被地主胡荣生收为养女而拥有了所谓的"父亲"，不久后她得知自己其实正是胡荣生的私生女。由于在胡家受到亲生父亲的百般凌辱，她在为保护母亲而受伤的情况下，将枪口对准了胡荣生，扣动了扳机。这一"弑父"的行动让萧月林重新成为一个无依无靠的"孤儿"。最后她在母亲的怀抱中因枪伤不治离开人世，这悲怆的结局正是白薇对社会黑暗的追问与鞭挞。她在剧中所塑造的父女形象，像极了她自己的家庭，剧中所有人都不得善终的结局，也一览无余地展露出白薇的决裂与反抗之心。

白薇的文学作品因其深刻的主题和灵动的文笔享誉一时，她也因而被誉为"文坛上的第一流作家""才女"，并被人亲切地称作"我们的女作家"。中国现代女作家们，有许多是从逃离家庭包办婚姻开始走上文学道路的。而白薇的自由之路，走得似乎格外凄惨。姣好的面容下是倔强的个性，圣洁的灵魂外却是残破的身躯。她的坚持没有给她带来优渥的生活，甚至没有为她换回美满的爱情。即使后来白薇曾与同是作家的杨骚恋爱，两个青年都向往自由的爱情，但他们在恋爱和婚姻观念中的分歧最终让这段感情以杨骚逃婚而收场，这让白薇又一次饱受身体病痛和心灵伤痛的双重折磨。

爱情的失败没有让白薇一蹶不振，反而更坚定了她对真正的爱与美的追求。她不再寄希望于一个完美的爱人和甜蜜的爱情来拯救自己的命运，也不愿再承担为爱所伤的痛苦。涅槃重生，白薇成长为一位极富女权思想的作家，用自己饱含深情的笔触描绘着理想中的生活，为妇女的苦痛命运谱写哀歌，也为自由解放的星星之火成长为燎原之势贡献着自己的光和热。

命运凄惨的白薇，在无边的黑暗中，绽放出一束闪亮的光芒。从身体到心灵经历的种种折磨，并不是将希望焚烧殆尽的烈火，而是一次又一次的淬炼，让那原本就刚强勇敢的灵魂愈加剔透动人。人难以选择自己的命运，却可以选择自己的灵魂。泰戈尔说，只有经过地狱般的磨炼，才能练就创造天堂的力量；只有流过血的手指，才能弹出世间的绝唱。白薇用自己的亲身经历为这句话做出了一个绝佳的注脚。

照片中的白薇身材瘦小，面容清秀，却有着坚毅的目光，仿佛年轻的她就已经看透——自由，听起来最迷人，代价却也最伤人。生活看似将她打入了万劫不复的深渊，她却同样凭着对那一线生机的向往，将最美的青春年华献给了追寻自由的事业；她的生命中充斥着荆棘和风雨，却也因她不屈的反抗和对自由的向往而开出了绝美的花朵。

参考文献：

[1] 白薇 . 白薇作品选 [M]. 湖南人民出版社，1985.

[2] 白薇 . 对苦难的精神超越：现代作家笔下女性世界的女性主义

解读 [M]. 民族出版社，2003.

[3] 张春田. 在启蒙叙事之外——以 20 世纪 20 年代庐隐、白薇的性别书写为例 [J]. 汉语言文学研究. 2012(2).

[4] 夏一雪. 现代知识女性的角色困境与突围策略——以陈衡哲、袁昌英、林徽因为例 [J]. 妇女研究论丛. 2010(4).

[5] 张春田. "女性解放"如何表述——重读"娜拉型"话剧与小说 [J]. 北京大学研究生学志. 2009(3).

爱的哲学

——1929 年冰心幸福婚姻的开始

冰 心

（1900—1999），
原名谢婉莹，福建
省福州市长乐区人。
现代散文家、小说
家、诗人、儿童文
学作家。

　　1929 年的 6 月，北京正值初夏，15 日这个周
六的晚上，燕京大学校园中的临湖轩举办了一场
简朴的婚礼，成就了一段美满婚姻。婚礼的主人
公是留美归来的著名女作家谢冰心与吴文藻博士。
为纪念这场婚礼，几天后他们补拍了这张颇具特
色的西式婚礼结婚照（见第 25 页照片）。

　　照片中的吴文藻西装革履，戴着眼镜，尽显文
质彬彬的君子之风。冰心则身穿洁白的婚纱，头戴
一顶精美雅致的小花冠，被伴娘和花童簇拥着，温
柔地倚靠在吴文藻身侧。三排左一是冰心的二哥谢
为杰，当时就读于燕京大学化学系；左二是冰心的
舅母；左三是婚礼的主婚人司徒雷登，时任燕京大
学校务长；左四是冰心的好友燕京大学女校美籍英

　　吴文藻西装革履，戴着眼镜，尽显文质彬彬的君子之风。冰心则身穿洁白的婚纱，头戴一顶精美雅致的小花冠，被伴娘和花童簇拥着，温柔地倚靠在吴文藻身侧。

国文学女教师鲍贵思；左五是伴郎萨本栋，冰心的福建同乡，时任清华大学物理系教授。这年，新娘冰心 29 岁，新郎吴文藻 28 岁。

一

两人的缘分始于出国留学时远赴他乡的轮船上，在国外留学时又多有书信往来。冰心在美国因病住院时情绪低落，吴文藻赶来照顾，嘘寒问暖，殷殷叮咛，让病中的冰心感动不已。后来，冰心写了一首难得一见的情诗：

躲开相思，披上衣儿
走出灯明人静的屋子
小径里明月相窥
枯枝，在雪地上
又纵横地写遍了相思

因着这份美好的爱情，执笔写就的情诗也带上了极为灵动温情的色彩。后来两人又因同在康奈尔大学补习法语而再度相遇，命运的奇妙与缘分的安排令人惊叹不已，两人也在这段时间坠入爱河，结伴向学，谈学论道，留下了许多美好回忆。随着感情的升温，两人愈加确认彼此就是此生愿追随一生、相伴一生的人，吴文藻向冰心求婚，冰心考虑后表示，须得到父母的同意才能最后定下来。

之后冰心完成学业决定回国至燕京大学任教，而吴文藻则继续攻读博士，在冰心即将启程回国时，吴文藻托冰心带回了一封他写给冰心父母的长信。吴文藻在信中写道："我由佩服而恋慕，由恋慕而挚爱，由挚爱而求婚，这其间却是满蕴着真诚，我觉得我们双方真挚的爱

1938年夏，冰心全家留影
于燕南园寓所前。

情，的确完全基于诚一字之上，我誓愿为她努力向
上，牺牲一切，而后始敢将不才的我，贡献于二位
长者之前，恳乞你们的垂纳！"吴文藻的书信毫无
花言巧语，字里行间只深深蕴含着对冰心的钦慕与
对这份爱情的坚定恳切。冰心的父母读了这封真挚
的求婚信，欣然同意了两人的婚事。

二

　　1926年6月15日，学成归来的吴文藻与冰心
在燕京大学的临湖轩举行了西式婚礼。临湖轩是
燕园中一所古老的三合院建筑，它临湖而建，幽
静独处，景色宜人，是当年乾隆皇帝赐给宠臣首
席大学士和珅歇息的地方。燕京建校后，一对美
国夫妇将这院子粉刷一新赠给司徒雷登校长居住，
这个院子司徒雷登一半用来居住，一半用来会客。
"临湖轩"的名字是1931年冰心命名的，后来胡适题写的匾牌，现在的"临湖轩"是北京大学贵宾接待室。

冰心与吴文藻在临湖轩举办的婚礼十分简单，来宾只有两人的同事和同学，整场婚礼的花费是34元，但是在这看似简单的婚礼背后，司徒雷登为这一对璧人操了不少心，不但在自己的住所为他们举办了婚礼，还在婚礼结束后，亲自派小汽车将他们送到西山大觉寺特意准备好的新房。临时新房除了他们自己带去的两张帆布床外，只有一张三条腿的小桌子，司徒雷登特意安排一名工友为他们做饭。后来舒乙曾回忆起冰心婚礼当天的趣事：冰心换过普通衣服坐上小汽车前往大觉寺后，发现庙门口有人卖生黄瓜，冰心一向爱吃生黄瓜，便买来坐在门槛上吃起来，一点不像新娘子，却又朴实纯真，令人忍俊不禁。冰心与吴文藻的婚后生活虽平淡，却也充满了柴米油盐之间琐碎温暖的幸福。

在燕大的这对璧人赢得了当时燕京大学的校长司徒雷登的珍爱。司徒雷登一生致力于中国的教育事业，为中国培养了大量的有用人才。他将基督精神作为治校方针，所制定的校训就是根据《圣经》上的两句话结合简化而成："Freedom through Truth for Service"（以真理得自由以服务）。1921年冰心曾撰写了《自由·真理·服务》一文，对这个校训作了关于爱的宗教的解释。司徒雷登与冰心

1921 年，冰心加入文学研究会，这时她的作品多围绕着母爱、童心和自然，高扬"爱"的旗帜。受泰戈尔《飞鸟集》的影响，冰心将对自然的感受与对人生的体悟写成自由体的小诗，结集为《繁星》和《春水》并于 1923 年出版，其隽永清丽的风格为文坛所瞩目。

夫妇之间有着深厚的友谊，既是冰心夫妇的前辈，也是他们亲密的朋友。

后来，司徒雷登又一手操办盖起了燕南园60号，成为吴谢婚后的住宅，他们一家在这里由1929年一直住到1938年。司徒雷登为人正直爽快，乐于助人，他很看重冰心的才气和吴文藻的学识，当初还是燕大学生的冰心就是在他的支持和鼓励下赴美读书的，冰心毕业后即在司徒雷登安排下回到母校任教。等到吴文藻博士毕业回国，也在燕京大学觅得教职。

三

这基于基督教义的爱意对冰心影响深远。冰心曾明确说过，正是因着基督教义的影响，才让她潜隐地形成了自己的爱的哲学。除了在自己的作品中构建着爱的哲学，冰心也同时逐渐形成了纯洁、高尚的人格特征。

冰心对待朋友有着耿直恳切的心意，对待自己的爱人更是全身心地温柔守护。"有了爱就有了一切"是冰心的一句名言。她也曾说："在平坦的道路上，携手同行的时候，周围有和暖的春风，头上有明净的秋月。两颗心充分地享受着宁静柔畅的'琴瑟和鸣'的音乐。在坎坷的路上，扶掖而行的时候，要坚忍地咽下各自的冤抑和痛苦，在荆棘遍地的路上，互慰互勉，相濡以沫。"冰心与吴文藻正是凭着这种对爱的坚定与热诚相伴一生，哪怕后来几经浮沉，吴文藻在"文化大革命"时被错划成右派，冰心同样承担着惶惑无助，却也按住不提，只是用温柔风趣的劝解鼓励着他，抚平他的委屈与沉闷。冰心的善解人意与临危不惧在那段难熬的日子里给了吴文藻极大的勇气，直至被摘掉了右派的帽子。

1985 年，吴文藻 84 岁时因脑血栓住院，最终回天无力，带着对妻子的眷恋与不舍在北京逝世。15 年后，99 岁的冰心也离开人世，两人骨灰合葬，骨灰盒上没有多余的言语，只是并行写着：江阴吴文藻，长乐谢婉莹。生同衾，死同穴。两人的爱情最终圆了生生世世的愿望。

第 25 页照片中的冰心和吴文藻眉间满是甜蜜与幸福，也写满了坚定的爱意。这张珍贵的照片真实记录了冰心、吴文藻幸福婚姻的开始，也见证了他们走过的半个多世纪相濡以沫的恩爱生活。

参考文献：

[1] 冰心 . 我的老伴——吴文藻 [J]. 民族教育研究，1994(2):67—76.

[2] 冰心 . 冰心书信全集 [M]. 人民文学出版社，2010.

[3] 岳敏编 . 一片冰心在玉壶：冰心与吴文藻的情爱世界 [M]. 东方出版社，2008.

[4] 陈恕选编 . 有了爱就有了一切 [M]. 江苏文艺出版社，1998.

[5] 王鸣剑 . 一封"求婚书"——冰心与吴文藻的恋情 [J]. 现代阅读，2009(1):52—53.

梅香如故

——胡风 1933 年的结婚照

胡 风

（1902—1985），
原名张光人，湖北
蕲春人，现代文艺
理论批评家、诗人、
翻译家。他是个性
格倔强的人，一生
执着追求理想的真
谛，即使身陷囹圄，
也始终不渝。

　　这张照片拍摄于 1934 年，照片中西装革履、
正襟危坐的男子正是胡风，挺括整饬的服装更衬
托出才子的意气风发，深邃的眼神专注又缥缈，
仿佛望向时空之外；身旁温柔端庄的短发女子，
则是他已有孕在身的妻子——梅志（见第 32 页
照片）。此时，胡风 32 岁，而梅志刚刚二十出头。
梅志是她的笔名，因小时候在赣州，院子里有几
株梅而取得。这位坚贞勇敢的女子，也正如王冕
《白梅》诗中傲霜斗雪的梅花一样："冰雪林中著
此身，不同桃李混芳尘。"傲雪大砺，志伴风舞，
她与胡风的感情至真至诚。

　　胡风 1902 年出生在湖北蕲春，原名张光人。
他曾经在北大预科、清华大学英文科就读，后进

　　"冰雪林中著此身，不同桃李混芳尘。"傲雪大砺，志伴风舞，梅志与胡风的感情至真至诚。

入日本庆应大学英文科，热衷普罗文学活动。1933 年因在留日学生中组织抗日文化团体而被驱逐出境。回到上海后，他担任了中国左翼作家联盟宣传部长、行政书记等职务，与鲁迅常有来往。梅志小他 12岁，原名屠玙华，祖籍江苏常州，出生于江西南昌。她小时候就生得乖巧聪慧，1932 年到上海入培明女中，因家境贫困，便一面上学一面当家庭教师，半工半读完成了学业。其间她读了很多进步文学作品，后来在上海加入"左联"，从事宣传工作。

两人初次相识在 1933 年，这年 6 月下旬的一天，留着短发、穿着淡蓝色布旗袍的梅志来到她加入"左联"的介绍人韩起家中。在门口遇到楼适夷，进了楼，便一眼望见有一位额头饱满、腰杆笔直、目光坚定的男子在座，经介绍知道此人是寄居在韩起家里的"左联"宣传部长"谷非"（胡风当时常用的笔名）。韩起也向胡风介绍梅志是"左联"的盟友，她此行的目的是来商量营救另一位"左联"盟友，并希望调到离家较近的"左联"小组参加活动。在场的胡风当即拿出钱交给她作为营救的经费，并答应为她调整工作。那天，韩起夫妇留客人共进午餐，吃饭时梅志发觉胡风总在注视她，目光里充满了温情。她不敢抬头，只吃了一点点，便匆匆地与楼适夷一道告辞了。后来，楼适夷回忆起此事说："这对后来几十年共奋斗共患难像红宝石一样闪光的美丽而坚强的夫妇，我还是他们的'红娘'。"几天以后，胡风约梅志在上海巴黎大戏院门口的冷饮店会面。在饮橘子刨冰时，胡风告诉梅志，活动小组已得到调整，梅志已被安排在他主管的法南区，由他个人领导。

此后，他们有了较多接触的机会。最初的交往贯穿着借书、读书、谈书的内容，两人之间的感情慢慢发酵开来。立有普希金纪念碑的三角花园，当年梅志和胡风常常散步走到这里，仰望普希金铜像，遥想诗人情怀。在接近年底时，胡风当面向梅志表白了自己的心迹："我感到只有你才是我的感情归宿，我实在是离不开你了。"梅志感到既幸福又惶惑。对于胡风的感情，她早有预感，内心里也有斗争，当时胡风已经31岁，而自己还不满20岁，这么大的年龄差距合适吗？她敬重他，喜欢与他接近，但觉得自己还太年轻，应该干一番事业，不宜过早地为家庭生活所羁绊，于是想悄悄地离去。同时，家里的实际情况也让她忧心忡忡。梅志属虎，胡风大了她一轮，正好也属虎，她母亲迷信，之前决心一定要为女儿找一个属相温顺的丈夫，胡风这样的肯定不在考虑之列。而且胡风因为人到中年，宽宽的前额开始谢顶，高大的身材略微发胖，形象也不太好。

　　但胡风就像是老虎一样，勇敢而执着。一次，竟冒着被捕的危险跑到地处"华界"的她的家中去找她。梅志当时不在，得知后十分担心便跑去看他。推门的声音将胡风从睡梦里惊醒，他翻身下床，抓住她的手，将她按坐在屋中唯一的一张小沙发上，半蹲在她的面前，说："你害得我好苦啊！我是下了决心向你求救的。你怎么这样狠心？我这个漂泊的人，只有你才能给我一个归宿。"他凄苦地垂下头，伏在她的膝上。之后两人常常一起工作，彼此逐渐熟悉，梅志透过这普普通通的外表，深入了解到胡风内在的才华和人品，

1937年9月，胡风在上海创办《七月》杂志，密切配合抗战形势发表文学作品，后又主编《七月诗丛》《七月文丛》，团结扶植了一批进步青年诗人和小说家，形成了一个很有影响的"七月"文学流派。

特别是胡风的眼睛，虽然不大但却很有神，笑起来的时候亲切，凝神注视的时候又是那么深情，摄人心魄。梅志越来越难以抗拒胡风的魅力，一颗芳心也暗暗许下。她决定和胡风在一起，家里母亲自然有办法应付。机灵的梅志替胡风少报了两岁，既减小了年龄差，也"改换"了属相。

1934 年，在感情日益密切的情况下，两人正式结为伉俪。婚房是租的，他们买了床和一桌四凳，然后把各自的东西往里一搬，就算大功告成。过年的时候两人回到梅志的老家赣州，屠家为小夫妻举办了堂堂正正的婚礼。

1934 年刚过，梅志怀孕了。疼爱她的父亲从福建回到上海，坚持要为女儿、女婿补办一桌酒席。为此，梅志精打细算地为胡风做了一套合身的灰呢西服，给自己做了一件天蓝色绸旗袍。他们穿着这婚宴上的礼服，在弄堂里的照相馆拍摄了这张富有纪念意义的合影。

婚后两人一直互相鼓励学习。胡风当时在上海中山教育馆担任日文笔译，晚上回家常常继续翻译或写文章，梅志则坐在书桌对面读着他指定阅读的作品。那正是胡风潜心钻研文艺理论、形成自己文艺观点的重要时期。在他的熏陶和影响下，梅志迅速拓展了文学视野，读书之余，还孜孜不倦地练习写作。1934 年，她首次使用笔名"梅志"在《申报·自由谈》发表了处女作——短篇小说《受伤之夜》。

然而，接着等待他们的并不是平静和幸福，而是颠沛流离。先是抗战期间的逃亡：抗日战争爆发后，梅志不遗余力辅佐胡风主编《七月》杂志，编辑出版了《七月诗丛》和《七月文丛》，并悉心扶植文学新人，对现代文学史上重要创作流派七月派的形成和发展起了重要作用；国内革命战争期间他们还要躲避国民党的追捕。直到中华人民共和国成立后，1953 年，胡风一家才一起搬到北京。因为长期搬家，他们都渴望着拥有属于自己的家，胡风用稿费买了一个小四合院，并种上了树，希望能给家人一个良好的居住环境。一家人终于安顿下来。

两年之后，胡风等人被定为"反党集团"（后来又被定为"反革命集团"），全国上下展开了轰轰烈烈的批判运动，胡风被抓入狱。梅志在胡风被捕几个小时后，也被从家里带走。上有老母亲，下有八岁幼子，梅志来不及做一点安排。直到母亲去世，梅志才被允许出来料理丧事。

李辉先生曾经在《胡风夫人梅志》中回忆："在编辑丁聪先生《文人肖像》一书时，我为丁聪画的梅志肖像画写下这样一句话：'她让我想到俄罗斯十二月党人的妻子：美丽、坚韧、勇敢。'"为了推翻国内的专制制度和农奴制度，很多俄国贵族军官发动十二月党人的起义，然而起义最终被镇压，领导者们纷纷被流放边疆。他们的妻子自愿抛弃优越富足的贵族生活，毅然陪伴丈夫受苦难。梅志就像这些十二月党人的妻子们一样，在逆境中依然陪伴着自己的丈夫。两人分别被关押在不同的监狱，狱中，梅志坚信丈夫无罪。1965 年 11 月，梅志拿到了自己的《不予起诉书》，但胡风依然是无期徒刑。胡风抱着梅志号啕大哭："是我拖累了你。"梅志不断安慰着丈夫："我们是夫妻，哪有什么拖累不拖累的，不要害怕，不要难过，我会一直陪着你。"胡风受到上百次拷问，几次想要结束自己的生命，但一想到和妻子的约定"绝不走自毁的道路"，他坚定下来。

终于等到了监外执行的时候。面对等待他的妻子，胡风说："你知道多年来我有一种想法吗？万一……你有权利选择自己的生活道路，那时我就想，出来后，只向你讨 5 元钱，去天津塘沽。那汪洋大海就是我的归宿！"狱中生活还是让胡风患上了精神疾病，梅志没有放弃，她一直的陪伴让胡风的状况逐渐稳定。

这对历尽苦难的夫妻，不离不弃。就像第 32 页照片中显示的一样，梅志一直站在丈夫身后支撑着他，守护着他，成为胡风最忠诚、最贤淑、最温存、最真挚的终身伴侣、战友，向他传递爱与力量，用自己柔弱的双肩拉动着他沉重的命运之舟。

参考文献：

[1] 张洁宇 . 其文胜史，其志如梅——作为妻子、作家、"时代女性" 的梅志 [J]. 鲁迅研究月刊，2008(2):16—22.

[2] 白岩 . 重塑胡风的奇女子 [J]. 杂文选刊 . 2015(8).

[3] 钟东林 . 古月清风一枝梅——胡风夫人梅志与赣州的情缘 [OL]. http://www.crt.com.cn/news2007/News/jryw/2018/7/187101530193AB24 J2FC6I3CJD3DBF4.html.

危流中的痛苦与喜悦

——陈衡哲和任鸿隽的 1935 年

这张编号为 DZ00002084 的照片静静躺在中国现代文学馆的照片库中，馆藏信息显示为 1999 年入库，距离照片中的女主人公去世已有 23 年了。女主人公是著名才女陈衡哲，站立在她身边的是她的丈夫任鸿隽、女儿任以书、儿子任以安。照片中缺少陈衡哲的大女儿任以都，当时，她正一个人留在北平培华女校读书，年幼的妹妹和弟弟则随父母来到了四川。

1890 年陈衡哲生于江苏一个书香门第，自小接受良好教育。她十分注重人格的独立和人生的自主权，当家中为她安排婚事时，她选择了断然拒绝，甚至登报声明自己是"不婚主义者"。后来陈衡哲考取了留美学额，赴美留学，先后在美国

　　陈衡哲（后排左一）是中国历史上第一位女教授，任鸿隽（后排右一）是中国近代科学的奠基人之一，夫妻二人在各自的领域均取得非凡成就，令人钦羡。他们伉俪情深，彼此守护的爱情故事也同样感人至深。

瓦萨女子大学、芝加哥大学学习西洋史、西洋文学，分获学士、硕士学位。任鸿隽和陈衡哲相识于留学期间。1915年夏，担任《留美学生季报》主编的任鸿隽收到了一篇小说《来因女士传》，署名为"莎菲"。小说令他感到十分惊艳，不禁为作者的文学天分折服，立刻发表了这篇小说，还写信向作者约稿。"莎菲"正是陈衡哲的英文名字。二人因文结缘，任鸿隽对陈衡哲更是一见倾心，一向害羞的他鼓起勇气向陈衡哲表明了心迹。两人惺惺相惜，相互扶持，在苦恋四年后，任鸿隽终于在芝加哥向陈衡哲求婚成功，二人于1920年9月正式结婚。

回国后，任鸿隽、陈衡哲夫妇同在北大教书，直到1935年，任鸿隽被委任为四川大学校长，陈衡哲也跟随丈夫来到四川，他们正值壮年，从国外学成归来后又在北大进行了更深入的研究和实践工作，都期待着能够通过自己的努力为四川的教育发展做出一些贡献。

就这样，一家四口从北平出发，舟车劳顿，终于于年底抵达了成都。一入川，任鸿隽就马不停蹄地开展四川大学的建设工作。他先进行了详细缜密的调查研究，然后拟定了兴建图书馆、实验室、体育馆等建设计划，并设定课程、聘请教授、整顿学风。他期望通过这些努力，能够让四川大学成长为一所更具现代精神的大学，乃至跻身于名校之列。

在丈夫为事业奔波劳碌之时，陈衡哲也同样在四川大学任教，教授西洋史。陈衡哲作为首批留美的女生，1915年入美国沙瓦女子大学专修西洋史时取得了令人瞩目的成绩。1920年回国后，她又经胡适引荐在北京大学任历史系教授，是中国第一位女教授。此外，陈衡哲于1917年发表的小说《一日》被认为是中国第一篇白话小说，她也因此被视为中国现代第一位女作家。众多的"第一"称号，使她的一举一动都倍受关注。

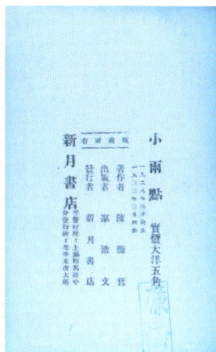

1914年，陈衡哲成为清华学堂选送公费留美的女大学生之一，留美期间，她支持胡适提倡白话文的主张，1917年以"莎菲"笔名在《留美学生季报》上发表白话小说《一日》，1920年回国后，继续在《新青年》上发表白话小说，后结集出版小说集《小雨点》(1928)。胡适称陈衡哲"她是我的一个最早的同志"。

来到四川，怀抱着满腔热情的陈衡哲却发现这里还是那样的闭塞落后：军阀贪腐成性，民众沉迷于吸食鸦片，女人"宁为富人妾，不做平民妻"。于是，她将入川途中和到达成都后的所见所感发表在杂志《独立评论》上，命名为《川行琐记》，三篇同名文章直率而尖锐地揭露了她所窥见的四川当时存在的种种社会问题。这些文章起初并没有得到太多关注，后来却在四川人中掀起了一场极大的风波。有当时报纸的热门专栏作家批评陈衡哲："才到四川不久，以一个妇女来到四川，而且又拖儿带女，奉行的是贤妻良母的职务，要想在短时间内，观察四川的社会情形，以至于天文地理，似乎草率了一些。"更有甚者认为陈衡哲的文章对四川和四川人民抱有偏见，是在"罗织四川的罪状，使外省人得到一个黑暗地狱的印象"。陈衡哲本人也因《川行琐记》系列文章遭到了猛烈的攻击。在四川妇女协会的怂恿和煽动下，各校女生纷纷在校报和各大报刊上围攻陈衡哲，论证内容逐渐从不满《川行琐记》的描述发展到对陈衡哲人格的侮辱和谩骂。悲愤之下，陈衡哲想要离开四川。她知道自己离开四川的决定对丈夫的事业将是一个沉重打击，但任鸿隽支持她的决定，并毅然辞去了四川大学校长职务，一家人一起离开了成都这个让他们曾踌躇满志又很快陷入失望乃至悲愤的城市。

　　结婚时任鸿隽曾对陈衡哲许诺："你是不容易与一般的社会妥协的，我希望能做一个屏风，站在你和社会的中间，为中国来供奉和培育一位天才女子。"这句话在当时来说似乎只是一句感人至深的誓言，但是当陈衡哲遭遇风波、陷入险境之时，任鸿隽用他的臂膀为她挡住了风雨和谩骂，履行了他曾经的诺言。1936年的秋天，当妻子和社会针锋相对时，他坚定地站在了妻子这边。辞去四川大学校长职务时，行政院、教育部和四川省政府极力挽留，胡适、王世杰等好友也反复劝说，但任鸿隽去意已决，带着妻子儿女离开了川大。

　　陈衡哲虽然曾经写下一系列文章指出当时四川的积弊，也积极地倡导妇女解放，但她的观点是相对温和的，她并不提倡女性一味敌视身边的男性，为了追求所谓"解放"和"独立"将自己从家庭生活中剥离出去。陈衡哲认为真正的妇女解放是女性从观念和行动上将自己视为独立的、有价值的个体，在家庭、社会中都发挥自己的作用，而不是将自己视为金钱或男权的附属品，女性不必孤独地与社会对抗，而是应该找到自己的位置，去享受属于自己的人生。

　　陈衡哲在自传中写道："我曾经是那些经历过民国成立前后剧烈的文化和社会矛盾，并且试图在旋涡中掌握自己命运的人们中的一员。因此，我的早年生活可以看作是一个标本，它揭示了危流之争中一个生命的痛苦和喜悦。"陈衡哲一生都不曾随波逐流，也不曾被任何外物与名利裹挟着前进，她始终在追寻那个最真实的自我，追求一种更有价值的人生。在大学任教时，她敢于发表自己的观点，即使遭受无端的谩骂和指责也从未停下写作的脚步。在事业最辉煌的时期，她选择急流勇退，辞去了教职，在家专心照顾家人的饮食起居，做一名全职母亲，将几个孩子教育得十分出色。从一名勇敢的战士到一位温柔的母亲，陈衡哲将自己人生的每一步都走得精彩无比。她做"女战士"时，任鸿隽全力支持她的事业与思想立场，与她共进退；她做"家庭主妇"时，任鸿隽又将家中的大权全数交给她，给了她全部的接纳与信任，甚至乐得享受"惧内"的美名。

任鸿隽当年许诺做妻子的"屏风"，也在后来的漫长人生中为她遮住了风雨，挡住了流言与非议。也正是有了任鸿隽这个可以信任的"屏风"，陈衡哲在满是荆棘的人生中才能那样没有负担地追求自己的抱负，充分发挥自己的才能，成为一位享誉中外的学者，也与丈夫共同创造出了一个和谐美满的家庭。

如此看来，任氏夫妇当年的四川之行并非全然没有收获。在那场风波中，他们看到了社会制度腐败下个人努力的渺小和脆弱，也亲身感受到了那在惊涛骇浪中仍然坚定不移的事物——对彼此爱的信任和扶持。爱的意义，或许并不在于多少句挂在嘴边的"我爱你"，而是在风暴袭来时，仍然坚定地站在彼此的身旁。照片中的一家四口，是真正懂得并幸福着的。

参考文献：

[1] 陈衡哲.衡哲散文集 [M].河北教育出版社，1994.

[2] 崔银晶.重建家庭与女性的关系——以冰心、陈衡哲为中心 [J].中国现代文学研究丛刊，2002(3):111—126.

[3] 王桂妹.《新青年》中的女性话语空白——兼谈陈衡哲的文学创作 [J].文学评论，2004(1):24—29.

[4] 陈衡哲.陈衡哲早年自传 [M].安徽教育出版社，2006.

[5] 康咏秋.新文学的第一位女作家陈衡哲 [J].湖南社会科学，1990(2):56—61.

挚爱深情 •

水至清

——1926 年的朱湘与爱人

照片中这对清秀消瘦的爱侣，是几乎被人遗忘的现代诗人朱湘和他的妻子霓君（第 48 页照片）。了解这位诗人才情、爱情与命运的人，都会不禁唏嘘不已。照片上的他风华正茂，清秀的面庞中看不出他曾与世界一次次决裂的倔强。与被梁实秋评价为"神经错乱"的朱湘相爱，霓君的生活也跟着几起几伏，有被拒绝的痛苦，有被接纳的浪漫，还有最终磨不过生活的苦而归于沉寂的无奈。

一

20 世纪 20 年代的清华园，作为"清华四子"之一，朱湘以新诗作者的身份引人注目。他的诗

朱 湘

（1904—1933），字子沅，原籍安徽太湖，生于湖南沅陵，现代诗人。

照片上的朱湘风华正茂，清秀的面庞中看不出他曾与世界一次次决裂的倔强。

清新自然，文学技巧略显稚嫩。后来，朱湘积极参加闻一多、徐志摩创办的《晨报副刊·诗镌》的工作，不仅在创作中努力实践自己的文学主张，更是发起了各种格律诗运动，提倡新诗音韵格律的整饬。此时，朱湘风头正盛，是清华校园中有名的文学才子。尽管因文学创作而大受追捧，朱湘却丝毫不改孤僻的性格，坚持自己独立不羁的思想，提倡精神教育。他所创作的诗歌也似乎出离尘世，充满了平静神圣的情愫。

照片中看起来极为文静温婉的霓君，原名刘彩云，是朱湘指腹为婚的妻子。受五四影响的一代人大多面临过这样的尴尬：要追求自由，就得先处理家中这束缚自己的婚姻。对朱湘而言，刘彩云不仅意味着一桩不甚满意的亲事，更成为他最初同封建传统抗争的对象而具有某种象征意味。朱湘的性格极其简单非此即彼，他认同的事，便大胆去做；不认同的事，坚决反对。对于指腹为婚的刘彩云，他即使并不认识，却也是从知道这位"未婚妻"存在之时便充满抗拒。当大哥带着她来到清华找他之时，朱湘更是将这种厌恶升华到了极致。刘彩云曾读过他的诗作，对朱湘充满了敬仰与爱慕之情，可他却不为所动，更对刘彩云坚持娃娃亲的决心充满了反感。他毫不在乎地拒绝了刘彩云，这桩婚事也因此而搁浅。

1923年，朱湘因旷课太多被清华开除。尽管他喜欢清华的学习氛围，但更愿意自己看书，不愿向以分数、考勤等决定优劣的制度妥协。虽然在清华的学习生活不甚顺利，也曾因记满了三次大过而受到了勒令退学的处分，但朱湘的学习成绩并不落后，中英文课程的成绩总是遥遥领先，烟酒嫖赌等更是丝毫不曾沾染，之所以旷课太多，大都是因为痴迷文学书籍，不肯按部就班地根据课表按时上课。他之所以对学校不满，是因为他认为"人生是奋斗的，而清华只有钻分数；

人生是变换的，而清华只有单调；人生是热辣辣的，而清华只是隔靴搔痒"。可真正到了离开之际，他又对清华园所给予的自由与滋养充满了眷恋和不舍。

离开北京后，朱湘只身来到上海以卖文为生。出乎意料的是，此去上海竟迎来了一段美妙的缘分。当时刘彩云正因兄长霸占父亲遗产而被迫离家到上海打工。听说这件事后，朱湘对刘彩云的印象不自觉地有了动摇，从前认为刘彩云不过是封建礼数的遵从者和维护者，不曾想到她竟有这样独立自强的倔强精神。怀着同情之心朱湘主动去看望了她，一次，又一次。刘彩云知道朱湘不喜欢自己，也并不对他抱怨生活的艰难，虽然独自在上海谋生活有万般无奈苦楚，也自己扛着忍着。朱湘本是同情，但看着她的坚强，于钦佩之外竟渐渐萌生了爱意。

二

1926 年，朱湘回到清华，复课一年后，终于得到了早该属于他的出国留学机会。1927 赴美之后，朱湘不断给刘彩云写信，并给彩云起了"霓君"这个新名字。诗人的爱情来得就是这样迅疾、炽热，一旦被点燃，便不顾所有地燃烧。他在美国期间给霓君写了近百封情书，每封都编着号。这些情书既有夫妻之间的呢喃温语，也有对霓君独自生活的万千叮咛，落笔成文柔婉清新、情真意切。"有风时白杨萧萧着，无风时白杨萧萧着，萧萧外更听不到什么。野花悄悄的发了，野花悄悄的谢了，悄悄外园里更没有什么。"字字句句看似只是写眼前所见之景，更是写对远人的牵挂思念，格外萧瑟凄楚。后来这些书信结为《海外寄霓君》出版，成为中国新文学史上的四大情书经典之一。

《草莽集》书影。朱湘 1919 年考入清华，参加了闻一多、梁实秋组织的清华文学社，开始诗歌创作，与孙大雨（字子潜）、饶孟侃（字子离）、杨世恩（字子惠）合称"清华四子"。他的诗大都形式整齐，音节舒缓委婉，作于格律诗兴起时期的《草莽集》是他的代表作，因此他常被视为新月诗人。除格律诗外，朱湘还自创若干形式，他的叙事长诗《王娇》四行一节、每节一韵，体现出诗人深厚的古典文学功底。

朱湘的情诗，既有如白杨萧萧的缱绻含蓄之语，也有敢于表白的坦荡深情："你的情好像一粒明星，垂顾我于澄静的天空，吸起我下沉的失望，令我能勇敢地向前。"他在诗中抒写着对美好爱情的感叹与期盼，也抒写着自己对真爱的坚守："有许多话要藏在心底，专等一个人。等她一世也没有踪迹，宁可不作声。"对婚姻与爱情，作者也有着自己温暖美好的期待："我只要爱情，假的我不要，我单要真的爱情。"而他对婚姻的向往也同样充满浪漫情怀："我们或者在月光下闲游，或者在灯光下谈心，手握着手，心对着心，虽然久已结了婚，生了儿女，也像不曾结婚，还是一对情人一样。将来就是夫妻两个头发都白了，也照样。"

然而生活毕竟是生活，并不如诗歌那般美好、自由。朱湘有着诗人的才华，却也有极强的个性，这样的个性令他平添了无数挣扎痛苦，也在他的人生路途上设足了障碍。朱湘的才华无人质疑，可是他不愿遵从任何世俗的制度和标准，每当遇到与他那颗至清之心相背离的人和事，便与之决裂，生怕变污浊。能与他深交的朋友屈指可数，他更是因为不喜欢徐志摩的贵族气派，不满诸多的摩擦而愤然离开了《诗镌》，只顾自己在家创作，闭门写诗。

三

朱湘与霓君之间的爱情，除了寄于纸笔间的温情浪漫之外，不可避免地要经历生活中种种琐碎小事的考验。世间哪得两全法，从了心意，便失了事业。即使再才华横溢，朱湘也无法找到一份完全顺着他心意的工作。霓君只好跟着他受苦，当她望着空空如也的米缸发愁的时候，固执的朱湘却丝毫不能担当对家庭的责任。当霓君劝丈夫出门找工作时，他又因自己孤傲的性情不肯屈就。面对困窘的生活，霓君再难感受到他那至清之心的爱意。夫妻之间因着生活的艰难和彼此的不肯退让而渐生嫌隙。当新生的小儿子因为没有奶吃，家境贫寒又买不起奶粉，连哭了几天后竟生生夭折后，两人之间的感情已经近乎死灰了。

贫困潦倒，多年的爱情也最终消亡，朱湘最后因对生活彻底失望而自杀，霓君也出家为尼。有人说他的自杀是因为混乱的社会使他没有生活下去的勇气，不得不用自杀来了却心中的苦闷。也有人认为他的悲剧是因为孤高怪癖的脾气难以适应社会。班固在《汉书》中的一句"水至清则无鱼，人至察则无徒"恰恰成了朱湘一生的写照，也足以解释他与霓君之间原本美好的爱情最终失败流离的命运。朱湘曾在《春》中描绘自己心目中理想爱情的象征："你的眼珠是我的碧海，你的双鬐是我的蔷薇，你的笑声是我的鸟鸣。"他将爱情视作一片净土，对爱人充满了彼此了解彼此相知的期冀，却不知任何美好的情感都需有现实生活的根基，尤其是婚姻与爱情，若无红尘嚣嚣中的琐碎温暖，难以真正长久。朱湘自是孤傲不肯低头，即使相伴相知的霓君出言相劝，也同样不愿回转心意，深深伤害了家人，也伤害了彼此之间的温情。

性情孤僻的朱湘，无论对爱情还是友情，都追求着绝对的真诚纯粹，却最终以曲折凄凉告终。世间好物不坚牢，彩云易散琉璃脆。照片上这对年轻情侣相知相爱不过几年，便落得如此凄惨的结局。世人因朱湘的才华不忍苛责，但也会不胜感叹，一段原本美好的爱情最终走向悲剧。人已逝，这段悲伤的故事也随发黄的照片一起，渐渐被人遗忘，徒留唏嘘。

参考文献：

[1] 罗念生 . 忆诗人朱湘 [J]. 新文学史料，1982(3):125—131.

[2] 朱湘 . 朱湘书信集 · 影印本 [M]. 上海书店，1983.

[3] 舒乙，朱湘，梦晨等 . 中国现代文学百家：朱湘代表作 [M]. 华夏出版社，1998.

[4] 朱湘 . 中国现代小品经典：海外寄霓君 [M]. 河北教育出版社，1994.

[5] 周红 . 诗人的自负——朱湘的一封佚信 [J]. 文汇读书周报，2008—1—11.

[6] 朱湘 . 才子英年 . 朱湘集 [M]. 辽宁人民出版社，2009.

[7] 朱湘 . 朱湘书信集 [M]. 天津人生与文学社，1936.

张恨水的爱情

——来自 1930 年的纪念

张恨水

（1895—1967），
原名张心远。祖籍
安徽潜山，生于江
西。现代小说家。

这张照片拍摄于 20 世纪 30 年代，画面中的
一家三口是人称"徽骆驼"的张恨水和他的第三
任妻子周南、儿子张二水（第 55 页照片）。照片
中的周南怀抱孩子，面容清秀，脸上的笑容娴静
而美好。张恨水拥住妻子，上身微微前倾，流露
出一种极为自然的亲密体贴。一家三口其乐融融。
作为一位善于描写缠绵爱情故事的小说家，张恨
水的婚姻经历也如小说般一波三折、跌宕起伏。

一

张恨水的第一次婚姻是母亲包办的。那时刚
满 18 岁的小镇青年失去了父亲，母亲为了留住儿
子，就四处张罗着找儿媳妇，安排的对象就是当

周南怀抱孩子，面容清秀，脸上的笑容娴静而美好。张恨水拥住妻子，上身微微前倾，流露出一种极为自然的亲密体贴。一家三口其乐融融。

地私塾先生家的女儿徐大毛。虽然父亲是私塾先生，她却并不识字。张恨水不能接受包办婚姻，满心不乐意，但碍于母亲的情面，还是遵照母命完成了仪式。当他揭开新娘红盖头的时候，才发现眼前的新娘相貌平平，身材矮胖，与母亲先前描述的大相径庭。张恨水感到十分愤怒，并为此写下了小说《青衫泪》。

即便觉得屈辱愤怒，张恨水还是接受了徐大毛。后来，张恨水的妹妹为嫂子改名徐文淑。张恨水曾写过一篇散文《桂窗之夜》回忆他与徐文淑的新婚生活，他在文中写道："月圆之夕，清光从桂隙中射上纸窗，家人尽睡，予常灭灯独坐窗下至深夜。"对于张恨水而言，宁愿独坐深夜的月光之下，也不愿与并不心仪的新婚妻子相对。可是婚姻的悲剧并不仅仅是其中一方的悲剧，被冷落的徐文淑也同样独自寂寞着，这对并不般配的新婚夫妻非但毫无温柔旖旎之情，并且都在新婚之际尝尽了孤寂凄清的滋味。结婚不到半年，张恨水就离开了家乡，外出漂泊。直到他去湖北汉口谋事时，才第一次使用"恨水"作笔名，这两个字取自李后主的词"自是人生常恨水长东"，也正是张恨水彼时忧郁无奈的真实写照。

丈夫远走，徐文淑却毫无怨言，一心侍奉长辈，对张恨水的弟妹也十分疼爱。她的温柔贤惠得到了张家上下的一致好评，张恨水的母亲也因

1927 年 2 月至 1932 年 5 月，张恨水在《世界日报》副刊连载《金粉世家》，这是张氏在报上连载时间最长、最为轰动的长篇小说。小说以豪门公子金燕西和平民女子冷清秋的爱情悲剧为主线，深刻描写了贵族之家在北洋军阀统治时期的分崩离析。

此恳求他善待妻子，于是张恨水每次回家也尽量与徐文淑相处。后来徐文淑生下一个女儿，对她而言，这个女儿是这份无爱的婚姻带来的唯一慰藉。可是这份美好终究如同一个幻影，女儿不幸夭折，徐文淑这微末的幸福也随之彻底破碎了。

二

张恨水在辗转了多个地方谋生后，1919 年受五四运动的感召来到北平。他不仅在这里写出了自己的成名作《春明外史》，还收获了第二桩姻缘。张恨水在"贫民习艺所"结识了女孩胡秋霞。她身世孤苦，年幼就被人拐卖，不堪毒打才跑到习艺所寻求庇护。张恨水不仅为她取了名字，还手把手教她读书写字，并且根据她的生活经历写出了小说《落霞孤鹜》。这部小说最后还被拍成了电影，由当时最著名的女明星胡蝶主演。

后来，张恨水在北平买下了一栋宅院，将母亲与徐文淑也接到了北平。可是此时他已经与胡秋霞又生下了一个女儿，徐文淑与胡秋霞不分妻妾，安然相处，可是得到的感情与关注却是天壤之别。张恨水的母亲又一次央求张恨水多给予徐文淑一些关爱，让她经历了丧女之痛的心能得到些许安慰。张恨水听从了母亲的劝告，又与徐文淑生下一个儿子，可是这个儿子也没能长大，幼年便夭亡了。徐文淑几乎心如死灰，也不再对张恨水有任何期望，在这个大家庭里过着她一个人的"单身生活"。

在很长的一段时间中，张恨水对胡秋霞充满了怜惜和欣赏，在张恨水的悉心教授下，胡秋霞也逐渐粗通文墨。和胡秋霞的相处虽然安稳，张恨水还是觉得缺少点儿什么，胡秋霞虽然能给予他无微不至的照顾，但两人的文化差距终究让张恨水难以得到他期望中那种互为唱和、才子佳人式的爱情，直到他遇到了周南。

周南原名周淑云，是北平春明女中的学生，二人是在一次聚会上一见钟情的，周淑云早就对张恨水的才华倾慕不已。1931 年二人正式确立了夫妻关系，另购一所房屋居住。张恨水根据诗经中《国风》第一章的"周南"二字，为周淑云改名为"周南"，并教她读唐诗、学绘画、练书法，有时二人还会来段京腔对唱，日子过得其乐融融。张恨水终于收获到了自己一直追求的琴瑟和谐的生活。不久，周南生下张二水，这是二人爱情的结晶。

三

1935 年，张恨水到上海创办《立报》，周南带着儿子张二水追随左右，张恨水在上海的事业也离不开周南这位贤内助的支持。抗战之初，张恨水只身前往重庆，为安全起见让全家迁居安徽，可是周南放心不下丈夫，带着儿子千里奔赴西南与张恨水团聚。当时局势紧张，社会也动荡不安，尽管有堂兄樵野的护送，周南这一路也是历尽艰辛，穿越兵荒马乱之地时，周南甚至曾连续两天水米未进。张恨水为此十分感动，将周南千里赴川的事写进了小说《蜀道难》。

在重庆的八年，张恨水一家三口过得极为艰苦，他们住在文协的三间茅屋里，屋顶甚至全是漏的。蜀中多雨，每到下雨时，家里的锅碗瓢盆全要派上用场去接从屋顶上漏下来的水，才不至于"水漫金山"，张恨水戏称当时的住处为"待漏斋"。自小养尊处优的周南在这里也学会了种菜、养猪，干种种粗活重活，支持张恨水写作。

此时远在安徽老家的徐文淑和胡秋霞过得也并不安逸，由于战乱，张恨水寄钱回家只能寄到二百多里之外的金寨，胡秋霞每次都要冒着危险走山路去将钱取回，维持一家老小的基本生活。张恨水老家的当地人评价胡秋霞很像一个侠女，"爱劳动，胆子大，心眼儿好"。就这样，胡秋霞凭着自己柔弱的双肩，扛起了一家人的生活。直到抗战结束，局势稳定下来，张恨水回到北平之后也将胡秋霞母女接到北平，为他们安排了住处，颠沛流离的生活终于结束。

张恨水的爱情故事在当时也不是秘密，外界都评论他是"风流才子"。但张恨水的儿女们却不这样看。胡秋霞的女儿张正曾这样评价父亲的感情："父亲的小说是'半新半旧'，思想也是'半新半旧'。作为子女，我们不愿用世俗的尺子去衡量他更爱哪一个女人，我们只能说，父亲的人性是丰满的、仁慈的，充满温情善良。"对没有经济来源的徐文淑和胡秋霞，张恨水为她们提供生活费，安排住处。徐文淑悉心照顾婆婆，视胡秋霞的儿子如己出；胡秋霞在张恨水晚年突发脑出血时悉心照顾他；而周南和张恨水相濡以沫、出生入死，度过了最艰难的八年重庆时光。他们之间的感情是后人无法评说，也无法真正理解的。

张恨水最终一心相伴的，是第三任妻子周南。他与周南有着心灵相交的默契，也曾共度风雨，可谓真正的患难夫妻。直到1959年，温馨的生活彻底被打破，周南因乳腺癌离开人世，当时年仅45岁。周南的离世给张恨水带来了极为沉重的打击。他为周南写下了近百首悼亡诗，将自己和妻子的一张合影一直压在书桌的玻璃板下，"文化大革命"时期儿女担心这张照片被当成"四旧"，故意藏了起来，张恨水不言不语，却只是默默地将这张照片重新找出来挂在床头，日夜相对。周南离世以后，张恨水直至去世也并未再娶，也不曾与徐文淑或胡秋霞重新生活在一起，只是一个人静静地思念着她。

张恨水的小说发行量居一时之冠，20世纪40年代，如果问一名普通的北京人，谁是最著名的作家，得到的回答很可能是张恨水。他完全靠稿费养活一大家人，即使在声望达到巅峰之时，也仍然每天伏案写作十几个小时。夜深人静之时，只有窗前的毛竹和张恨水默默相对，他就是这样用自己手中的笔坚定守护着身后的家人们。张恨水曾写过一首七绝，概括自己的写作生涯："蝴蝶鸳鸯派或然，孤军奋战廿余年。卖文卖得头将白，未用人间造孽钱！"

张恨水的爱与恨，他身后几位女子的情与怨，最终都随风而逝了。世事皆由后人记叙评说，可是当时他们内心的挣扎与纠结，那些快乐和凄凉的时刻，都永远地留存在历史之中，成了永远的秘密。

参考文献：

[1] 张恨水 . 张恨水散文 . 第四卷 [M]. 安徽文艺出版社，1995.

[2] 张恨水 . 写作生涯回忆录 [M]. 中国文联出版社，2005.

[3] 解玺璋 . 张恨水传 选章九 [J]. 传记文学，2017(3).

[4] 谢家顺 . 走进真实的张恨水——读《张恨水情归何处》[OL]. http://www.china.com.cn/book/txt/2009-02/18/content_17296673.htm.

[5] 张恨水 . 张恨水自述 [M]. 河南人民出版社，2006.

战争年代的微渺光芒

——蹇先艾的 1935 年

这张照片是现代作家蹇先艾和妻子杜玉娟、儿子蹇人弘在家门前的合影（见第 62 页照片）。妻子站在微笑的蹇先艾身侧，恬静温柔。儿子蹇人弘还在幼年，稚气未脱，天真懵懂。或许他们自己也不曾想到，看起来平静美满的三口之家在后来的年月里要历经多少颠沛流离、磨难波折。短短两年之后，"七七事变"爆发，北平城笼罩在战争的阴影中，蹇先艾也不得不和许多北平的学者一样，携家眷逃亡回到家乡。生逢乱世的人们，生活轨迹总是身不由己地改变，静守书斋的时光变得奢侈难得，可战争年代的动乱不安、社会风云的激荡变幻，又总能给人以深刻的启迪与思考。

蹇先艾

（1906—1994），笔名萧然、罗辉等。贵州遵义人。现代作家。

蹇先艾和妻子杜玉娟、儿子蹇人弘在家门前的合影。

　　1906 年蹇先艾生在贵州遵义，幼年读私塾时敏捷好学，后在父亲的指导下学习联句作诗，少年时期就崭露出不凡的天分。13 岁他随父亲赴京求学，以全科第一名的成绩考进北京师范大学附中。北平读书期间蹇先艾深受新思想影响，1922 年与同班同学李健吾等人共同创办了小小的文学团体——曦社，并出版不定期刊物《爝火》，刊物名称来自《庄子》"日月出矣，而爝火不息"的典故，这群少年的才华和抱负也如同小小的炬火，在那个时代顽强地燃烧着，从未熄灭。1925 年积极参加五卅爱国运动后，蹇先艾经王统照介绍加入文学研究会，自觉走上创作道路。蹇先艾的作品一定程度上弥补了当时中国文坛贵州作家缺失的遗憾。尽管少小离家，故乡在他的记忆中仍意味着挥之不去的亲切与温柔，在异乡的孤独和丧亲的痛苦中，贵州生活的短暂岁月成为他"借以纪念从此阔别的可爱的童年"的由头。他的第一部小说集也带着浓浓的故乡情味，充满了亲切的怀念与离别的忧愁怅惘。李健吾曾评价道"在我们今日富有地方色彩的作家里面"，蹇先艾"是最值得称道的一位"。

　　1928 年蹇先艾返乡结婚，作为一个在新思想、新文化教育和影响下成长的学生，作为第一批发出民主、自由呐喊的青年之一，蹇先艾在婚姻问题上却依然选择了遵从家庭的安排。蹇先艾与未婚妻杜玉娟自幼熟识，并非盲婚。杜玉娟生于贵州遵义的仕宦家庭，自小接受了良好的教育，两人在家乡举办了婚礼，婚后也常诗词唱和，融洽恩爱。

　　婚后不久，因蹇先艾要回京工作，夫妇二人便一同返回北平。尽管当时的生活并不宽裕，两人还是在北平西城的一家小馆子里办了一场小规模的婚宴，款待北平的朋友们。杜玉娟的纯真和热情给大家留下了深刻的印象。蹇先艾的中学老师董鲁安和蹇先艾的同学们合送了一对铜墨盒作贺婚之礼。圆形的墨盒镌刻得十分精致，上面刻有一句贺词"千里远结婚，白头不相离"。墨盒内部还刻有近百个娟秀小字，细述蹇先艾夫妇结婚的经过："先艾尊兄，婚后北来，酹同人于其寓所。新夫人玉娟大家，抽钗换酒，亲调盐梅，情意殷殷甚厚，先艾性行词章，夙为济辈，钦仰夫人尤蓄盛藻，能世家学唱随之，乐可爱胜，道爱拈乐府语……"墨盒的篆刻是由贵州籍的大书画家姚华老人完成的，他是蹇先艾的叔叔蹇念益的挚友。这对小小的墨盒，承载了老师、同学、亲人真挚的祝福，对蹇先艾来说格外珍贵。即便后来因战乱颠沛流离，这对墨盒也一直被他随身珍藏。

返乡结婚对蹇先艾而言，不仅让他收获了相濡以沫的爱情，还让他对家乡有了更全面的观察和了解，促成了他文学创作生涯中至关重要的转变。也正是从那时开始，蹇先艾的小说由浅显地描摹世情转向对家乡真实面貌的诉说，他的小说《水葬》《贵州道上》堪称现实主义的力作，他也真正实现了从抒情诗人到乡土文学家的转变。

蹇先艾的故乡贵州地处我国西南边陲，一直有"天无三日晴，地无三里平，人无三分银"的谚语流传，复杂多变甚至称得上恶劣的自然环境造就了那里相对落后的经济和淳朴却也"强悍"的民风，在蹇先艾之前，对此加以细致刻画和深入思考的文学作品却几乎寥寥无几。《水葬》中因为家中生存维艰而盗窃的青年，被村子中几个族人不问缘由地处以私刑，活活淹死。而他已经盲了双眼的母亲依然在等着自己的儿子回家，惘然不知他早已葬身水底。围观的村民们或冷漠，或谩骂，或以此取乐，丝毫不为生命的逝去而惋惜，也从未对这个生活艰难的青年人抱有丝毫的同情和怜悯。鲁迅说："《水葬》对我们展示了'老远的贵州'的乡间习俗的冷酷和出于这冷酷中的母性之爱的伟大——贵州很远，但大家的情境是一样的。"看似荒蛮的故事背后是那个时代的悲哀，一个个荒谬的故事在一个个乡村或城市的角落里发生着，成了无数人的"习以为常"。

蹇先艾用他的文学作品揭开了田园牧歌式的乡村生活背后所隐藏的落后、愚昧，甚至残酷的一面。那些为了生存苦苦挣扎的人们——挑夫、马夫，乃至路边的乞丐——都有他们自己的故事和各自艰难的人生。故乡情不再是充盈着莫名忧伤、隔着一层薄纱的相思，而是由无数有血有肉的人们、由无数交织着苦难与血泪的故事共同组成的一首首悲哀的诗。蹇先艾的创作，怀着同情与悲悯之心揭露了这种悲哀，也因此感动了无数读者，在中国乡土写实文学的成长历程中留下了极为凝重的一笔。

在北平生活的日子是安稳而充实的，蹇先艾有了自己的孩子，家庭生活的温馨在他的事业上也助益良多。没有后顾之忧的蹇先艾专心写作，许多颇具代表性的优秀作品都产生于这一时期，他在作品中对乡土生活的描绘细致而深刻，因他带着故乡情愫观察自己的家乡和那里的人们，难以做到真正的陌生化和绝对的客观，也同样因为他现代知识分子的身份，让他对残酷愚昧的现象加以揭露和鞭挞的同时，又对故乡的封闭落后、对那些挣扎在艰难中的人们充满了同情。他是矛盾的，也正因这矛盾造就了他充满情感温度的作品。

写作之外，蹇先艾还热衷研究和批评话剧，从富连成到人艺戏剧团，北平的名角差不多他都听遍了，在话剧批评领域也小有成就。然而安稳的日子

蹇先艾 1926 年经王统照介绍加入文学研究会，他的作品大多写故乡贫困而苦难的人们。短篇小说集《酒家》真实地再现了旧中国贵州山乡的风土人情，文风简朴。鲁迅将他的短篇小说《水葬》选入《中国新文学大系·小说二集》，肯定它"展示了'老远的贵州'的乡间习俗的冷酷和出于这冷酷中的母性之爱的伟大"。

并未持续多久，战乱的阴影逐渐笼罩了整个北平。1937 年北平陷落，蹇先艾拒绝同日伪华北临时政府合作，携家眷一路逃亡回贵州。

回到家乡以后，蹇先艾与谢六逸等同志发起了中华文艺界抗敌协会，为《贵州晨报》编副刊《每周文艺》，致力于改变贵阳文坛沉闷的气氛，鼓舞民众抗敌救国的热情。1942 年起，蹇先艾历任贵阳省立高中教员，遵义师范学校校长，贵州大学和贵阳师范学院副教授、教授等职。由于局势动荡，家中生活十分清贫，蹇先艾为人正直清廉，任校长时月薪微薄到难以维持家计，不得不出售珍藏的书籍字画补贴家用。妻子给了他足够的理解和支持，彼此扶持着度过了最艰难的岁月。

在那个时局混乱、战火连天的年代，蹇先艾保存的许多书籍、字画都散失了，唯有那一对墨盒蹇先艾一直随身携带，完好无损地珍藏着。两方小小的墨盒像两盏微弱却坚定的萤火，那是来自师长的殷殷祝福，也是与故乡朋友们惺惺相惜的情谊，是北平求学时的洒脱畅快，也是家庭初建时的温馨快乐。它伴随着这个小小的家庭从北平走到贵州，也陪伴着蹇先艾从一个文笔稚嫩、爱好写作的青年人成长为怀着深刻忧思的成熟作家。他的文字在那个黑暗年代，成了千万引航灯火中的一束，导引着人们度过战争的阴霾，重回心灵的永恒故乡。

参考文献：

[1] 中国现代文学馆编 . 蹇先艾代表作 [M]. 华夏出版社，2010.

[2] 蹇先艾 . 蹇先艾文集：第三卷 [M]. 贵州人民出版社，2004.

[3] 蹇先艾 . 鲁迅与文学青年 [J]. 山花，1981(09).

[4] 蹇人毅 . 乡土飘诗魂：蹇先艾纪传 [M]. 山西人民出版社，1999.

[5] 杜惠荣，王鸿儒 . 蹇先艾评传 [M]. 贵州人民出版社，1986.

缀网劳蛛

——许地山在香港的最后几年

20 世纪 30 年代后期，著名作家许地山和女儿许燕吉在香港郊游时留下了这张合影（见第 68 页照片）。照片中许地山慈爱地微笑着将女儿搂在怀里，脸上尽是作为父亲的骄傲与温柔。令人惋惜的是，这样的欢欣美好并未持续下去，在拍摄这张照片之后不过五六年时间，许地山就与世长辞，永远地告别了他深爱的家庭和视若珍宝的女儿。这张珍贵的照片成了再难重现的纪念，也记录了许地山在香港度过的辉煌岁月。

照片中许地山的女儿许燕吉 1933 年出生在北平，北平古称为"燕"，因此许地山为她取名"燕吉"，希望她能吉祥如意。许燕吉还有一个哥哥，当他出生时，许地山主动让儿子姓周，取名苓仲，

许地山

（1894—1941），原名赞堃，笔名落华生，原籍台湾省台南府。现代小说家、散文家。

许地山和女儿许燕吉在香港郊游时的合影

以宽慰岳父周印昆先生，这在当时是破俗之举。此外，许地山对夫人也十分尊重信任，将家政大小事务都交由夫人掌握。有人曾经以这件事嘲笑许地山懦弱，许地山也丝毫不以为忤，反而幽默地用自嘲为自己解围："我生平最怕管家事，现在有人代劳，是求之不得的。即使有人改为周地山，有何不可？戚友谁不知我是许地山？"许地山的敦厚宽容，对家人的理解、爱护和重视可见一斑。

北平时期的许地山在文学界和学术界享有很高声誉，不仅创作出了《缀网劳蛛》《空山灵雨》等作品，又在燕京大学文学院和宗教学院任副教授、教授。然而好景不长，1935年许地山的命运出现了转折：因在争取国学研究经费的过程中和燕京大学校董会意见不一致，他被时任校长司徒雷登解聘。后来在胡适的推荐下，许地山南下香港任香港大学中文系主任一职，妻子儿女也跟随着他的脚步，举家迁到香港。

许地山来到港大以后，对中文系原来的教育体制进行了彻底改革。在许地山的倡导和推动下，香港大学中文系原本沿用的传统、八股的教学方式被改为文学、历史、哲学的分科。此外，许地山还将艺术史与社会学、人类学的研究方法引入中文系的学术研究方法体系中。从那时开始，港大中文系的全部课程起了很大变化，也为其学术实力的积累和爆发奠定了坚实有力的基础。在香港期间，许地山的工作依旧十分繁忙：他积极推动教育改革、投身社会文化活动，不仅出任"广东丛书编印委员会""中国教育电影协会香港分会"常务理事，还亲自承担了"香港中小学教员暑期讨论班"主任以及多所中小学校董的职务，在中小学教育改革方面也为香港教育事业做出了贡献。

抗日战争开始后，爱国心切的许地山深深意识到自己作为一个有一定号召力的知识分子所肩负的责任，他几乎将自己全部的热情毫无保留地投入抗日救亡运动中。除了日常必要的授课和管理工作之外，他坚持主持香港文协的诸多事务，不仅参与公开的群众集会，还坚持写作，在文学作品中塑造了一个又一个热爱祖国、坚持理想的人物形象。正如他所说的那样，"我们应该把分散的各个战友的力量，团结起来，像前线将士用他们的枪一样，用我们的笔，来发动民众，捍卫祖国，粉碎寇敌，争取胜利。"他在这个时期写作的小说《铁鱼底鳃》、剧本《女国士》以及杂文《七七感言》《中国思想中对战争的态度》等文学作品都深刻反映了他的抗日爱国思想。《铁鱼底鳃》中性格执拗、一定要用自己的发明为祖国效力的七旬老人，《女国士》中深明大义支持丈夫上战场杀敌的妇女英雄，都大大鼓舞了抗日精神的宣传和抗日运动的士气。郁达夫评价他这一时期的小说"坚实细致"，是"中国小说界不可多得"的作品。

许地山曾在《缀网劳蛛》中写道，"我像蜘蛛，命运就是我的网。蜘蛛把一切有毒无毒的昆虫吃入肚子，回头把网组织起来"，忙碌的工作给他的"网"增加了许多繁杂，而女儿的活泼可爱却给这张"网"增添了幸福和甜蜜。许地山一有空就陪许燕吉捉迷藏、讲故事，全家出去郊游时，还总爱让她坐在自己肩上。

给年幼的许燕吉留下深刻印象的不仅有父亲的慈爱，还有他杰出的才华和令人敬仰的威望。在香港居住时，许多进步人士都曾前往许家拜会许地山，随着逐渐深入的了解，许地山为人处世的幽默豪爽、对国家民族的深切关怀和超乎于人的真知灼见让他赢得了许多志同道合的同志和朋友。徐悲鸿、楼适夷、梁漱溟等人当年都是许家的常客。许燕吉回忆："我们家常常是高朋满座。梁漱溟先生在香港办《光明报》时就住在我家，我爸爸还邀请徐悲鸿先生到香港办过画展。"但是，抗日战争爆发后许地山渐渐开始无暇顾及自己的家庭，甚至连休息也顾不上，转而日夜处理繁忙的公务，还经常为宣传抗日和保护文化遗产而四处奔走。与此同时，许地山和夫人在明知危险的情况下，仍然尽自己最大的能力去保护当时来到香港的抗日人士，和他们亲如一家，甚至直接将中国共产党地下工作者杨刚同志接到家里来住，从精神上的支持到生活上的照料，他们都为来港的抗日人士提供了许多无微不至的关怀与帮助。

许地山在香港的日子里，像一个高速旋转的陀螺一般马不停蹄地推进着一个又一个工作。无论社会活动，还是文学写作，他只要开始就毫无保留地全情投入，丝毫不顾惜自己的身体健康，像一盏在黑夜中闪烁着的火把，他熊熊燃烧着明亮的火焰，也从未惧怕那提前熄灭的命运。

1941 年 8 月 4 日，许地山因积劳成疾，心脏病复发突然辞世。许燕吉至今都记得："放暑假的时候，我们在家吃饭，正吃着饭，他就拿着报纸回他自己房间……我们这顿饭还没吃完，我妈妈回来跑进房里一看，他已经全身发紫了，也不会说话了。"就这样，许地山像努力结出命运之网的蜘蛛，自此走完了他短暂而繁忙的一生。他对命运中的种种挫折和坎坷从无抱怨，也总是以一种欢快轻松的态度开启一份又一份新的工作，面对当时的中国社会，又总是能给出最深刻冷静的思考。在《缀网劳蛛》中他曾借主人公之口说，"对于自己命运的偃蹇和亨通，不必过分懊恼和欢欣，

许地山早年受到佛家思想的影响，他初期的短篇小说集《缀网劳蛛》多以南洋生活为背景，有异域情调，故事曲折离奇，充满浪漫气息。

只要顺其自然，知命达观即可"，这或许也是许地山自己对于人生的深刻诠释。他的乐观豁达、随遇而安和有担当、有抱负的品格也深深地刻在了子女心中，成了他作为父亲留给孩子们最宝贵的财富。

许地山去世后，第一个送来花圈的是宋庆龄，后来梅兰芳、叶恭绰、郁达夫、徐悲鸿等知名人士也送去了花圈和挽联。郑振铎在悼念文章中写道："大家都认为他的死乃是抗日救国运动的一个大损失，乃是中国现代文学的一个大损失。"许地山去世当天，香港学校下半旗，港九钟楼鸣钟致哀，寄托着各界人士对这位如缀网劳蛛一般辛勤工作的爱国文人最深切的缅怀和哀悼。

许地山在香港时间不长，却以一个战斗者的姿态为香港的教育事业和抗日救亡运动做出了卓越的贡献。忙碌的工作让他难以兼顾家庭，父女之间的温情时刻也显得奢侈而珍贵。许地山生前也十分关注香港的儿童福利事业，还常常劝说妻子"不要只顾教育自己的孩子，应当到社会上去教育大家的孩子"。他作为父亲的宽厚慈爱，永远地留在了女儿的心里；他作为一名知识分子和爱国战士的执着与奋斗，也永远地留在了每一个中国人心里。

参考文献：

[1] 周俟松 . 许地山年表 (上)[J]. 台港与海外华文文学评论和研究，1992(2).

[2] 周俟松 . 回忆许地山 [J]. 新文学史料，1980(2).

[3] 倪占贤 . 许地山与香港 [J]. 新文学史料，2001(4).

[4] 许地山 . 中国现代文学百家·许地山代表作·春桃 [M]. 华夏出版社，2008.

且到寒斋听苦雨

——1929 年周作人的苦雨斋

1929 年，北京八道湾 11 号又迎来了每月热闹的小聚会，好友们欢聚一堂，顺便合影留念（见第 74 页照片）。第一排左起：张凤举、俞平伯、马廉、马豫、马鉴、钱玄同；第二排左起：沈尹默、徐祖正、周作人、沈士远、马裕藻、黎子鹤、沈兼士、谌亚达；第三排：刘半农。他们都是当时有名的作家和文学批评家。照片上，有些人保持着严肃的神情，有些人露出了畅快的微笑，从背景也不难看出，这一方小小的陋室条件谈不上优渥，然而却汇集了主人与客人许多次的对话与辩论，"苦雨斋"三个字被写在小小的一幅纸上，并未装裱，只是简单地挂在墙上。

周作人

（1885—1967），原名櫆寿，号起孟、启明、岂明、知堂等。浙江绍兴人。现代作家。在五四新文化运动和文学革命中，为新文学的建立和发展做出过重要贡献。新中国成立后定居北京，继续写作和翻译。

　　照片上，有些人保持着严肃的神情，有些人露出了畅快的微笑，从背景也不难看出，这一方小小的陋室条件谈不上优渥，然而却汇集了主人与客人许多次的对话与辩论，"苦雨斋"三个字被写在小小的一幅纸上，并未装裱，只是简单地挂在墙上。

一

苦雨斋原本是周作人书房的名字，他人也以此名称呼周作人所住的北京西城八道湾十一号。这间著名的文人雅集的住宅，因院子地势过低，每逢下雨，积水就会漫进书房。院子里有棵高大的白杨树，瑟瑟的响声如淅沥的雨声，每逢有客光临来斋夜读时，风过白杨之声别添一番寒斋夜话的雅趣。苦雨斋不仅有夜雨积水的意趣，同样还寄托了周作人对人生的品味。

苦雨斋有正房三间，两间为藏书之用。周作人读书广泛，魏晋六朝、印度日本、谣谚笑话，无所不读，于是小小的两间房摆满了书，有大约十个木书架立于其中。最左边的房间是书房，内有庞大的柚木书桌，上有笔筒砚台等文人书具，一尘不染。屋内有一小横匾，上面的"苦雨斋"三字是沈尹默所书。靠墙一几两椅，就算是待客的地方了。夏天有客人到访的时候，周作人总是递一纸扇，用以消解暑气之苦，再递苦茶一杯，让客人解渴清爽。苦雨斋虽小而陋，却诚然是隐士清谈之佳所。房子虽然是最普通的北平传统小宅院，却也窗明几净，十分整饬。

常风在《记周作人先生》中这样回忆苦雨斋和它的主人：

> 周作人一般是在苦雨斋接待客人，有时也在西厢房待客。苦雨斋是周作人的书房，"苦雨斋"三字系沈尹默手书在一条横幅上，加以裱糊，嵌在一个木框里，摆在桌子上。可能是因为院子的下水道不好，一下雨满院子都是水，故周作人以"苦雨斋"名其书房。苦雨斋是典型的中国旧式房子，很高

大宽敞，室内藏书很多，装帧讲究，都整整齐齐摆放在带有玻璃门的书柜中，苦雨斋似乎并没有悬挂什么字画。

天热时到苦雨斋拜访，主人见面第一句话就是请宽去长衫，你如认为在一位长辈面前脱了长衫不礼貌而不便遵命时，主人就说那我就得穿上长衫了。这样你就不好再拘泥礼貌只好从命了。主客各自就坐后，主人给你送上一把扇子，随即仆人奉上一杯茶，然后就从从容容地开始谈话。我总是多听他细声娓娓地谈着，间或偶尔地插上一句，听周先生谈话很受教益，听起来很有味道。

"苦雨斋"这个名字早就在当时有所流传，真正公开署名，是在1925年8月的一篇文章《要货》，第一次署为"于北京苦雨斋"。当时周作人在北京大学任教，和鲁迅、马裕藻、沈尹默、沈兼士、钱玄同、胡适、梁实秋等人来往密切，周作人与沈尹默甚为亲厚，两人的交往也多见于当时的文章记载。"苦雨斋"的斋号便是那时请沈尹默所书。这三个字写得朴素文雅，用笔也是纯粹通透，毫无炫技的痕迹，更显得丰润潇洒。

苦雨斋不仅是周作人栖居之所，在近代文学史的风景中，苦雨斋也是一道独特的风景线。周作人一篇篇看似平淡却夹杂着深深苦涩的文字于这里写就，在苦雨斋的浸润中缓缓聚合，逐渐自成一派。周作人曾经以"苦雨"为题写过一篇文章，他在文章中有这样的描述："夜里听着雨声，心里糊里糊涂地总是想着水已经上了台阶，浸入西边的书房里了。好容易到了早上五点钟，赤脚撑伞，跑到西屋一看，果然不出所料，水浸满了全屋，约有一寸深浅，这才叹了一口气，觉得放心了；倘若这样兴高采烈地跑去，一看却没有水，恐怕那时反觉

得失望，没有现在那样的满足也说不定。"居住条件不甚乐观，周作人也能苦中作乐，寻出一些难得的趣味来。

二

五四时期，周氏兄弟邀请过蔡元培、胡适、孙伏园、郁达夫、徐志摩等人来家中欢聚。鲁迅离开八道湾后，苦雨斋仍然有每月零星的小聚和元旦的大聚会。钱玄同、俞平伯等 13 人是苦雨斋的常客，当真是"谈笑有鸿儒，往来无白丁"。钱玄同是周作人的同乡，二人曾一起留学日本，同受教于章太炎门下，又因为旨趣相同，结为了挚友。钱玄同常到苦雨斋喝茶聊天，他性格外放，说起话来滔滔不绝。有时周作人觉得夜谈太冷清，就会邀钱玄同一起吃酒。周作人读的许多书都是钱玄同推荐的。

钱玄同是五四文学革命中的一员猛将，他坚持反对封建文化制度，也反对帝国主义的侵略，在理论主张上极为激进，他的观点可以用他自己说过的一句话概括："欲使中国不亡，欲使中国民族为二十世纪文明之民族，必以废孔学、灭道教为根本之解决，而废记载孔门学说及道教妖言之汉文，尤为根本解决之根本。"当时钱玄同以性情偏激著称，可他在生活中、在与朋友的交往中却没有半分倨傲偏执。周作人评价钱玄同说"若

作为中国现代文学史上有巨大影响的散文家，周作人最早从西方引入"美文"的概念，提倡文艺性的叙事抒情散文，后来又提倡"言志"的小品文。他"冲淡平和"的散文和小品影响了不少作家。

是和他商量现实问题，却又是最通人性世故，了解事情的中道的人"，知己之情，了然于心。

另一位苦雨斋的常客俞平伯，不仅和周作人一起评诗论画，二人之间还有频繁的通信。俞平伯曾是周作人早年间的学生，对俞平伯而言，周作人是良师益友式的知己。他们互赠诗词和邮票，交换读书心得。周作人与俞平伯之间厚密的感情，不仅仅是因为早年的师生情谊，也因两人都是浙江同乡，周作人祖籍浙江绍兴，俞平伯祖籍浙江湖州。此外，两人还有许多共同的研究领域。在新文化运动时期，他们都曾参加抗日救亡运动，也曾作诗撰文呼吁中国青年奋起反抗。后来两人的研究旨趣逐渐去往不同的方向，俞平伯专注于中国古典文学，而周作人则聚焦于民俗，是中国民俗学的开创者之一。两人在不同的领域各有建树，却仍然保持着频繁的通信，可谓情谊深厚。

周作人的书屋是苦雨斋，俞平伯的书屋则叫作古槐书屋，两人通信往往只是寥寥几句，五六行字就结束了，但周作人特制苦雨斋信笺用于和俞平伯通信，他还钟情刻制印章，在给俞平伯的回信中印有的刻章就达 50 余种，旧时文人的雅趣也恰恰凝聚在那一张张薄薄的信笺上，也被镌刻在一方又一方才思巧妙的闲章之中。周作人的"有酒学仙，无酒学佛"闲章恰恰是这种文人个性最生动的展示。

三

周作人自诩为"苦雨翁"，他全心全意地将苦雨斋打造为远离政治的清雅闲适的世外桃源。苦雨斋的文人们远离左翼思潮，用超功利的心态对待文学，作品大部分发表在《骆驼草》《语丝》等杂志上，他们的散文追求"闲适"的风格。

对周作人而言，他的文章在闲适之余，更显出许多淡漠与绝望。他是博览群书的，也绝对称得上有真才实学，可是他的文学作品却似乎总是徘徊在明亮与晦暗之间，隐隐含着不明不昧的灰色。孙郁曾这样评价周作人："我感到了他内心的冲突、焦虑，以及思想的不能自我圆通。周作人过于自我，以至于在为己与为人间的选择里，常常倾向于前者。他精神的色调，是充满了暮色的。周作人在文坛的寂寞，实属必然。"

周作人的散文常被人评为"清冷"的，缺少"血性"，因为他不喜欢过火的事物，并且认为人与人之间很难互相理解，索性就不去表达感情。然而，中国当时的社会环境已不再是闭户自娱的世界了，鲁迅就曾批评苦雨斋的文人逃避社会现实，苦雨斋只是苟延残喘的"蜗牛庐"。这易碎的闲适幻境，终有一天会化为烟尘。

1939年，周作人附逆，出任伪职；1947年，他以"汉奸罪"被判十年有期徒刑；1949年，周作人回到八道湾，在这里终老死去。周作人是中国新文学的开拓者之一，也是中国现代思想革命的主要先驱，但是这短暂的落水附逆经历，对他的名誉造成了几近毁灭性的打击，也给他的人生带来了难以磨灭的影响。周作人最终在凄风苦雨的惨淡光景中度过晚年，身后的名声也终结于"汉奸"二字，连同他在"文学和文化革命"中的贡献也一并被掩过不提。

苦雨斋主人周作人一向以清雅自诩，不屑沾染烟尘风波，但"苦"字却似乎一语成谶般贯穿了苦雨斋主人的一生，他毕生向往的清雅也以一种难堪的方式黯然收场。寂静无人的院落，回想起当年的谈笑风生，也会沉默不语了吧。功过荣辱皆留在岁月的风尘之中，留给后人去书写评判，唯有院中的白杨树仍淅沥如雨声。

参考文献:

[1] 周作人，俞平伯 . 周作人俞平伯往来通信集 [M]. 上海译文出版社，2013.

[2] 哈迎飞 . 半是儒家半释家——周作人思想研究 [M]. 人民文学出版社，2007.

[3] 周作人 . 周作人文类编 [M]. 湖南文艺出版社，1998.

[4] 周作人 . 文艺上的宽容 [J]. 书摘，2011(7):94—95.

[5] 钱理群 . 周作人传（修订版）[M]. 华文出版社，2013.

[6] 孙郁 . 周作人和他的苦雨斋 [M]. 人民文学出版社，2003.

国学泰斗章太炎的追悼会

——1936年章门弟子的合影

1936年9月4日，北平孔德学校礼堂，"国学泰斗""革命元勋"章太炎先生的追悼会正在这里举行。萧瑟的秋风为这哀伤的日子又平添了几分悲戚。章太炎先生的离世，是学界和文化界的重大损失，对他的朋友和学生而言，一位可亲可敬的师长从此永远地长眠，与他们诀别了。追悼会是北平的章门弟子为送别恩师而举办的，人们大都穿着黑色或白色的长衫出席，神情肃穆凝重。周作人、钱玄同、许寿裳、沈士远、沈兼士、朱逷先、马裕藻作为章太炎的学生出席了这次追悼会，这张合影便是他们送别先生、追忆恩师的纪念（见第82页照片）。

1869年章太炎出生在浙江余杭一个地主家庭、

章太炎

（1869—1936），名炳麟，字枚叔。浙江余杭人。清末著名革命家、学者。

　　追悼会是北平的章门弟子为送别恩师而举办的，人们大都穿着黑色或白色的长衫出席，神情肃穆凝重。周作人（左一）与马裕藻、钱玄同、沈士远、朱逷先、沈兼士、许寿裳（由左至右）在北京孔德学校礼堂合影。

书香门第，自小跟随外祖父学习，11 岁读《东华录》，谓"历代亡国，无足轻重，惟南宋之亡，则衣冠文物，亦与之俱亡"，在历史的辗转中不断深思，章太炎心中种下革命思想的小小萌芽。其后，他又到杭州诂经精舍学习，在清代著名朴学大师俞樾的指导下，校正群经、诸子句读，审定文义，并分析其特殊文法与修辞，老师缜密的治学方法与甘坐冷板凳潜心研究的精神深深影响了年少的章太炎，他埋头经史子集长达八年之久，也正是这段潜心治学的经历为章太炎之后学有所成，成为一代国学大师奠定了坚实的基础。

1894 年，中日甲午战争中中国被日本侵略者打败，在民族危机深重的刺激下，章太炎走出书斋，听到康有为设立强学会，便"寄会费银十六圆入会"。1896 年末他辞别恩师俞樾，来到上海，担任《时务报》编务。章太炎当时的办报主张是"驰骋百家""引古鉴今"，"证今则不为卮言，陈古则不触时忌"。然而维新变法运动很快便在双重夹击之下夭折了，戊戌六君子惨遭杀害，章太炎百般悲愤之下也不得不避居台湾，后又东渡日本。

1906 年，章太炎来到日本东京，在神田大成中学开办了国学班。同为浙江同乡的周氏兄弟、钱玄同、许寿裳等八人，请求章太炎在《民报》报馆另开一班。每个星期日的清晨，师生们在一张矮桌边席地而坐，章太炎讲解《说文》《尔雅》《庄子》等书，旁征博引，谈笑风生，学生们听得津津有味，为老师的渊博而叹服的同时，也深刻感受到了国学殿堂的璀璨光辉。

周作人在《知堂回想录》说起当时听章太炎讲课的情况："一间八席的房子，当中放了一张矮桌子；先生坐在一面，学生围着三面听，用的书是《说文解字》，一个字一个字地讲上去，有的沿用旧说，有的发挥新义，干燥的材料却运用说来，很有趣味。"这是他们开始深入接触国学研究的关键时刻，这段经历也成了他们日后在治学论政与文学创作中重要的根基。而对于老师的风格，周作人的印象是"太炎对于阔人要发脾气，可是对青年学生却是很好，随便谈笑，同家人朋友一般。夏天盘膝坐在席上，光着膀子，只穿一件长背心……笑嘻嘻地讲书，庄谐杂出，看去好像是一尊庙里的哈喇菩萨"。

那段坐而论道的日子，成了这些身居异国他乡的学子们心中最难忘的回忆。后来，许寿裳在《章太炎传》中这样评价恩师章太炎："以朴学立根基，以玄学致广大，批判文化，独具慧眼，凡古今正俗消息，社会文野的情状，中印圣哲的义谛，东西学人的所说，莫不察其利病，识其流变，观其会通，穷其指归。'千载之秘，睹于一曙。'这种绝诣，在清代三百年学术史中没有第二人，所以称之为国学大师。"这样的赞誉与钦佩不独出自许寿裳，几乎章太炎的每一位学生，都对他充满了敬畏与景仰。

20世纪30年代的北平学术界人才济济，时人有"一钱、二周、三沈、五马"之说，这"一钱"指的就是钱玄同。钱玄同在北京大学教书，致力于白话文运动，也是章太炎的"首席弟子"。之所以这样说，是因为他与章太炎的关系最密切。钱玄同早在章太炎流亡日本之前就去听过他讲《说文解字》，他记了整整16本笔记。当钱玄同去日本早稻田大学留学时，才正式拜入章太炎门下，那是在1906年的10月。许寿裳回忆，朱希祖笔记最勤，钱玄同说话最多，两手挥动，座席前移，且在席上爬来爬去，鲁迅便给他起绰号为"爬来爬去"。钱玄同不仅经章太炎介绍加入了同盟会，还成为他学术研究的助手，为其手书付印了著作《小学答问》。在之后的三十年里，钱玄同始终是章太炎学术研究的左膀右臂。二人经常通信论学评政，章太炎寄给钱玄同的59封信，都被钱玄同小心翼翼地装裱成册，并一一注明日期

狱中赠邹容

章炳麟

邹容五小弟，披发下瀛洲。
快剪刀除辫，干牛肉作糇。
英雄一入狱，天地亦悲秋。
临命须掺手，乾坤只两头。

章太炎的政论檄文，引古论今，义正辞严，锐不可当。1903 年他被捕入狱，写了《狱中赠邹容》。邹容 1903 年因写出思想先进的《革命军》一文，被捕入狱后病故。鲁迅先生曾称他为"革命军马前卒"。

和寄信地点，足见这位学生对老师的敬重。

钱玄同突然得知恩师去世的消息后，强忍悲痛通知了在北平的章门弟子，其后便开始马不停蹄地筹划北平追悼会的诸多事宜，草拟追悼会通启、寻找场地、通知各方人员、布置会场、确定流程，几乎事事都亲力亲为。钱玄同所作的挽联为："恭挽先师莉汉先生：素王之功，不在禹下；明德之后，必有达人。弟子：马裕藻、许寿裳、吴承仕、周作人、沈兼士、钱玄同鞠躬。"

时任北京大学东方文学系主任的周作人也出席了追悼会。周作人也是在日本留学时结识老师章太炎的,他没有如钱玄同一样继承章太炎的衣钵成为语言学家,但章太炎兼收并蓄的治学精神却深刻地影响了他。章太炎上课极为认真且精力过人,常常滔滔不绝地连讲四个小时也不休息,学生听他授课有如沐春风之感。章太炎对学生的关心可谓无微不至,对学生的天分也尽力发掘,耐心培养。他曾主动写信给周作人,告诉他已经帮他交了梵语课的学费,希望他能去学习梵文。虽然周作人最后没有坚持下来,但老师的关怀他一直铭感于心。在写给章太炎的《谢本师》一文中,他这样写道:"虽然有些先哲做过我思想的导师,但真是授过业、启发过我的思想,可以称作我的师者,实在只有先生一人。"

出席追悼会的许寿裳,既没有在文字训诂上取得成就,也没有在文学上有所造诣,却是为章太炎立传的第一人。1945 年,许寿裳所著的《章太炎传》在重庆出版,系统地总结了章太炎在革命和学术两方面的成就。"国学大师"的名号就是许寿裳做出的评价,这一评价是恰如其分、实至名归的。在传记中,许寿裳详细回忆了章太炎教学时的场景,成为研究章太炎的重要资料。

1936 年举办的这场北平追悼会并不是章太炎逝世后的第一场追悼会。此前的上海追悼会因为气氛冷清,流程草率,令章门弟子们深深为老师不平。有感于上海追悼会之冷清,鲁迅不顾病重,于逝世前 10 天写下了那篇著名的《关于太炎先生二三事》,为自己的老师鸣不平:"考其生平,以大勋章作扇坠,临总统府之门,大诟袁世凯包藏祸心者,并世无第二人;七被追捕,三入牢狱,而革命之志终不屈挠者,并世亦无第二人。这才是先哲的精神,后生的楷范。"

所幸，在钱玄同等人的精心筹办下，北平这场追悼会虽然并未大鸣哀声，却一扫之前上海追悼会的寂寥冷清，在简洁有序之中充满了深深的伤痛与追思之情。继北平追悼会之后，苏州、杭州、成都各地相继举办追悼会，各界的学者们纷纷向这位学术大家致以敬意与缅怀。正如周作人、钱玄同、许寿裳等人为先师合送的那副挽联："素王之功，不在禹下；明德之后，必有达人。"章太炎先生尽管已经离去，但他的学生们却依然沿着他曾走过的道路，朝着他所期盼的未来不断奋斗，砥砺前行。

参考文献：

[1] 章太炎 . 章太炎全集 [M]. 上海人民出版社，2014.

[2] 梁启超 . 中国近三百年学术史 [M]. 东方出版社，1996.

[3] 鲁迅 . 且介亭杂文末编 [M]. 人民文学出版社，2006.

[4] 章念驰编 . 章太炎演讲集 [M]. 上海人民出版社，2011.

[5] 周作人 . 周作人自编文集 [M]. 河北教育出版社，2002.

[6] 章太炎 . 章太炎自述 [M]. 人民日报出版社，2011.

[7] 姜义华 . 章太炎评传 [M]. 百花洲文艺出版社，1995.

[8] 侯外庐 . 中国近代启蒙思想史 [M]. 人民出版社，1993.

我是青年 •

留学 "傻事"

——许地山在牛津

照片中这位戴着眼镜的文弱书生，正是 1925 年在英国牛津大学学习宗教时期的许地山（见第 92 页照片）。许地山祖籍广东，生于台湾一个爱国志士家庭，也是五四新文化运动的先驱之一。后来他进入英国牛津大学曼斯菲尔学院研究宗教学、印度哲学、梵文等。也因如此，许地山的作品总是浸透着浓郁的宗教气息。这种他自己特有的宗教哲学，除了受到虔诚信教母亲的影响外，与他在英、美等国学习研究宗教的经历也是分不开的。

许地山的文学作品里宗教意味几乎随处可见，他曾经在文章中写道："我看见的处处都是悲剧，我所感的事事都是痛苦。可是我不呻吟，因为这是必然的现象。换一句话说，这就是命运。"这种

许地山

（1894—1941），原名赞堃，笔名落华生，原籍台湾省台南府。现代小说家、散文家。

许地山的文学作品里
宗教意味几乎随处可见，
他曾经在文章中写道："我
看见的处处都是悲剧，我
所感的事事都是痛苦。可
是我不呻吟，因为这是必
然的现象。换一句话说，
这就是命运。"

信仰也大大影响着他的人生观和生活态度：他似乎对世间万事不存一丝机心，又对生活中各色遭遇甘之如饴。他生性淡泊但又极富智慧，从他在英国学习时发生的一些小趣事中不难看出他为人处世的可爱、可敬之处。

一

老舍与许地山颇有缘分，他们都对宗教有兴趣。1922 年春，两人在北京缸瓦市基督教堂相识，许地山大老舍六岁。当时许已经与茅盾等人共同发起了"文学研究会"，又在《小说月报》上发表了散文名篇《落花生》，是圈内颇具名气的学者和作家。但他毫无学者架子，从不以前辈自居，反而以"傻事"谐语为乐，与当时尚无名气但生性诙谐、妙语如珠的老舍成了极好的朋友。老舍回忆初见许地山时的情景："当我初次看见他的时候，我就觉得'这是个朋友'，不必细问他什么；即使他原来是个强盗，我也只看他可爱。"这交会时互放的光亮，让他们彼此既讶异，又欢喜。

1924 年 9 月，老舍应伦敦大学东方学院邀请去伦敦任教，恰逢许地山也在伦敦学习，两位老友便住在了一起。这份机缘既可以说是一时巧合，又更像是志同道合的朋友终于得到相遇相知的时光，友情便再难割舍。这段异国他乡相伴的日子，老舍不止一次在自己后来的作品中提到，其中一件小事说起来很有意思。

有一天许地山去伦敦城内办事，晚上很晚才回来。老舍发现他总是不由自主地摸着自己刚刚刮过胡子的脸，还傻笑不止，便好奇地问他怎么了。许地山告诉他，自己刮了个两镑多的脸。当时英国还是旧制英镑，两磅相当于四百八十便士，平时刮脸应该只要八便士，许地山这次刮脸可以说是花了笔巨款。原来他太过老实，理发匠问什么，他就答什么，所有服务来了个全套，香油香水洗头、电气刮脸，这样高级的服务一套下来自然就花了许多钱。付钱后想想自己的"傻"，疏放豁达的许地山非但没有懊恼，反倒乐不可支。

还有一件趣事亦相类似，每当许地山遇到朋友时，就会经常忘了自己本要去做的事，不论朋友提出什么，他从不拒绝。去到东伦敦买黄花木耳，大家做些中国饭吃？好！去逛动物园？好！玩扑克牌？好！他总是爽快地答允一声"好"，似乎永远没有忧郁，永远不会说"不"。

二

许地山的身上有着那个年代的文人学者所共有的风骨，于金钱俗事不愿过多计较，又携着性格中天然的诙谐幽默，显露出一种因着大智慧而来的天真可爱。对待生活和朋友，许地山看似随和无拘，但在随和潇洒背后守护的，恰恰是他始终坚持的"抱朴守拙"的性格。他从未因自己的学识能力与社会地位的出众而自觉高人一等，即便是文坛中文学运动的先驱，即便是人人钦羡的燕京大学教师，也从未有一点骄矜之情。

同住时老舍曾经向许地山问起"落华生"这一笔名的用意，许地山微笑不语，只是提笔写下"宽而可济，朴而不迁"八个字。他在《落花生》中写道："它只是把果子埋在地底，等到成熟，才容人把它挖出来。你们偶然看见一棵花生瑟缩地长在地上，不能立刻辨出它有没有果实，非得等到你接触它才能知道。"许地山钦慕落花生的品格和精神，自己也同样具有不求虚名、质朴平常的胸怀。

老舍记忆中的许地山"爱说笑话，村的雅的都有"，与老舍一起"去吃八个铜板十只的水饺，一边吃一边说，不一定说什么，但总是有趣"。每当老舍向许地山请教，他都丝毫没有厌倦，每每"像谈笑话似的"与老舍讨论，知无不言，言无不尽。许地山鼓励老舍坚持自己的创作之路，老舍写几段就给许地山读一读，亦师亦友的鼓励和肯定给了他不少继续创作的勇气。

许地山留学英国时，恰逢好友郑振铎正在赶写《中国俗文学史》，为无法找到唐五代部分的很多文献而发愁。英国考古学家斯坦因到中亚考察时曾在敦煌莫高窟骗走了大批文物，其中就有许多唐五代时期历史文献资料。这些文物运回欧洲后，很大部分被收藏在了大英博物馆。可要查阅这些文物很不方便，毕竟是"属于"别人了。郑振铎遂向许地山求援，许一口应承下来。大英博物馆当时的规则是不许查阅者抄写摘录，只可以看。这没有难倒许地山，他每天去大英博物馆里看这些文物，把郑振铎需要的部分背下来，回来后再凭记忆默写出寄给郑振铎。这段艰苦条件下做学术的经历后来被戏称为许郑联手"伦敦盗宝"。许地山这个"贼"，聪明地用了最笨的办法，帮助了好友，也推动了祖国文化的传承。

一个人与朋友相处时的情景能显影出他最真诚的一面。许地山与朋友间的趣事，既是友人间的深厚情谊，更是许地山作为一个学者大家最真实自然的画像。他对待朋友的平和幽默，在生活小事上的不拘一格，乃至为学助人时的恳切真诚，

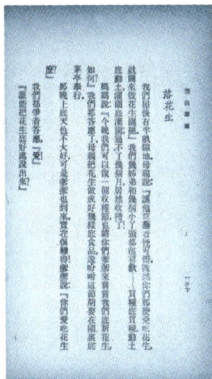

许地山的散文集《空山灵雨》，充满了对人生问题的思虑和玄想。其中的《落花生》情致朴素淳厚，成为五四新文化运动后的散文名篇之一。

时至今日依然令人感佩。许地山在英国留学的这些"傻事"更让我们明白，这位作家的作品中那些博大情怀和包容胸怀是如何一点点积淀起来的。

三

背诵默写的笨办法看似稚拙，除了对朋友的仗义相助，其中也正藏着他对学问的珍视与痴迷。许地山在伦敦时，每每独自出门，不是去博物院，就是去图书馆，一进去就如坠入学问的汪洋，对时间的流逝浑然不觉。一次许地山晨起出发去了伦敦东方学院图书馆，吃午饭时老舍去唤他，他不动，直到下午五点图书馆关门了才出来，一见到老舍就不住地叫喊：饿、饿、饿！饿了将近十个小时竟完全不知。

当时的牛津正是学者的乐园，不同来历的人只要自己愿意，就都能利用牛津提供的机会有所钻研，有所成就。许地山将自己在英国留学的两年时光几乎全部用于波德林图书馆、印度学院、曼斯菲尔学院，读起书来也总能进入忘我的境地。正如"吹灭读书灯，一身都是月"所描摹的境界，他曾经在《牛津的书虫》一文中直言"读书读到死，是我所乐为。假使我的财力、事业能够容允我，我诚愿在牛津做一辈子的书虫。"这种对待学问的"傻"，正是治学所必需的"道"。胡适谈读书时曾说到"进一寸有一寸的欢喜"，而许地山在读书治学时却更甚于此，一头扎进学海便是勤勉踏实地努力耕耘，毫不松懈。

尽管当时年纪尚轻，照片上的面庞还略显青涩，许地山却比同龄人多了些踏实、稳重与沉静。这是多年读书积累下来的见识涵养，也是有志于学带来的坚毅与执着。这样的精神与他爱国将领的父亲、虔诚教徒的母亲自小给予他的教育，以及他自己对宗教的学习是分不开的。而他自己潇洒天真的性格，更使他身处乱世也丝毫不为烦杂外物所扰，一心向学，真诚笃定。

参考文献：

[1] 老舍 . 老舍全集 (全 19 卷)(修订版)[M]. 人民文学出版社，2013.

[2] 老舍 . 敬悼许地山先生 [J]. 出版参考：新阅读，2008:41—42.

[3] 许地山 . 许地山文集 [M]. 新华出版社，1998.

[4] 许地山 . 牛津的书虫 [J]. 出版参考，2006(17):5.

优雅与狼狈之间

——王统照 1934 年的欧洲游历

王统照

（1897 — 1957），又名剑三，山东诸城人。现代小说家、诗人。

照片上这位风度翩翩的中年男子，是著名的现代文学作家王统照（见第 99 页照片）。黑框眼镜背后，他的眼睛仿佛看遍了世间的苦难与坎坷，透着刚毅坚定的光芒。王统照自幼聪颖，6 岁入家塾开蒙，虽幼年丧父，在母亲的精心教导下，他的学业不断精进，也逐渐在文学创作方面崭露头角。1918 年，王统照考入北京中国大学英国文学系，五四运动时开始从事新文学创作，后与郑振铎、郭绍虞等人发起组织文学研究会。王统照的创作与五四时期的许多作家相似，都执着地追求"爱"与"美"，不同的是，他逐渐远离了乌托邦式的幻想，而更多关注现实世界中的悲苦人生。王统照的作品中往往凝聚着他对人间种种苦难的冷静观

《山雨》的出版给王统照惹来了麻烦。书很快被当局查禁，王统照也被国民党列入了"危险人物"黑名单，他的人身安全成了迫在眉睫的大问题。

察与深刻思考，他似乎对万事万物都怀着悲悯之心，对黑暗与邪恶充满愤懑之情。

1933年，王统照的代表作《山雨》与茅盾的《子夜》一同出版，这部长篇小说描绘了当时北方一个小乡村的农民家庭，他们原本清贫平静的生活被"灰兵"全盘打乱，土匪的侵扰、愈加沉重的税负、各路"部队"的蹂躏，让他们进入了近乎绝望的境地。作家吴伯箫曾将《山雨》和《子夜》比作"双峰并峙"，一写农村之中农民的破产，一写城市中民族资产阶级的败落。因为对当时社会乱象给予了揭露，这本书也给王统照惹来了麻烦。书很快被当局查禁，王统照也被国民党列入了"危险人物"黑名单，他的人身安全成了迫在眉睫的大问题。

王统照只好回乡变卖田产，自筹费用到欧洲游历旅行。这张照片，就是拍摄于1934年他在欧洲游历的时候。王统照这次旅行经埃及去欧洲，游历了八九个国家，其间曾到英国剑桥大学研究文学，还撰写了《欧游散记》。照片上的他优雅从容，似乎只让人们看到了他的翩翩风度，后来人关于他这段经历的寥寥记叙，也让人有一种错觉，似乎他在欧洲的生活应当是在剑桥的草坪上沐浴着阳光，或是在图书馆的书架之间任思绪徜徉，殊不知这位文学家在游历欧洲的旅程中，经历过多少风波磨难。

1934年4月20日，王统照在欧洲行至米兰。而这一站，也是他欧游旅途中最为狼狈的一站。从罗马出发乘火车到米兰，是12小时的漫长旅途，那时的火车并不舒适，下车时他已疲惫不堪，却又偏逢阴雨连绵。王统照和同行的旅伴们硬着头皮四处寻找旅馆，找了近两小时也一无所获。雨越来越大，同行的董太太想起之前有人介绍过此地的一位牧师，或许可以向他寻求帮助，便带着这一行人在雨夜中摸索着找去。谁知找到后，发现牧师也是借住在学生宿舍，虽然有一副热心肠，面对这样一群旅客也束手无策了。无奈之下，大家决定只好先到火车站暂避一夜。

到了火车站，王统照找了一家咖啡厅，想喝些牛乳、咖啡来缓解疲劳，或许能撑上一夜。可牛乳刚喝完，就被侍者通知一点就要打烊了，请他们离开。因为语言不通又找不到懂英语的人，王统照甚至连候车室在何方都不知道。最后只好随便找了一处石椅，将自己的两个皮箱拼接在一起，横卧在上面休息。虽然这种姿势极不舒服，但体力早已耗尽，他躺下后便很快进入了梦乡。睡了没多久，他就被意大利警察唤醒，原来好心的警察是要他们去候车室的皮椅上睡，不那么冷，也舒服些。就这样，饥寒交加的一行人才得到了片刻歇息，第二天一早，方才在附近找到了旅馆。

而接下来王统照在米兰的游览见闻，也让他唏嘘不已。一方面，米兰华美庄严的建筑风格令人惊叹，市中心的米兰大教堂和毗邻的米兰大学都是令人神往的圣地。然而在这华美的城市中，又有许多挣扎在社会底层的人，为生存而奔波着。他们是不被城市所接纳的，华灯初上时的辉煌与他们无关，晚宴上的觥筹交错也与他们无关。王统照听说米兰的华侨竟有四五万人，这些人并不是因为家境优渥而来到这里留学、工作的，而是做些小商小贩的生意糊口，生活艰难又无钱回国，总因营养不良、过于劳累而生病。这座在

1933年王统照出版长篇小说《山雨》，以"山雨欲来风满楼"的命意，写出了农村的破产和农民的觉悟。它是20世纪30年代一部重要的长篇小说。

游客看来充满魅力的城市，对他们而言不过是煎熬于其中而又难以摆脱的泥沼。

王统照本一心想来欧洲接触西方文化，了解西方社会的状况和西方文学的源起，却未曾想到自己在米兰火车站如此狼狈地度过一个雨夜，也没想到此地华侨的境遇竟如此悲惨。人在走投无路又身陷困苦的时候，总会变得对周遭的环境极为敏感。就是在雨夜、饥饿、疲劳、语言不通的环境下，在看着同胞辛苦工作却食不果腹的境遇下，他暂时忘却了自己过客的身份，将自己融入了这异国他乡的同胞之中，想其所想，忧其所忧，似乎愈发感受到人生的辛酸与去国离乡的苦楚。他在自己的日记中写道，欧洲的侍者们虽笑脸相迎，但无非是为了金钱，与中国的尔虞我诈贪图小利无甚区别。无论在中国还是在欧洲，自己这样敦厚的性格，大概都难以得利。可若要让自己更改分毫，却又是万万做不到的。即使物质受损，也仍愿守着自己心中敦厚为本的原则。

王统照在《欧游散记》中说："在欧洲，不缺乏古代的雄伟建筑，不缺乏规模浩大的城市设计，更不缺乏匆忙争斗而遗忘了自然美的现代的人生。"王统照的游记并不是走马观花式的记录，而是将自身投入一个全新世界中，不断向下扎根去体味其中千百种滋味的人生。他在游记中不仅写风景建筑，也写那社会中形形色色的人；不仅写人，也写旅途中的自己，写自己每时每刻真实的感受和深切的思考。在他的文字中，我们看到那个时代知识分子的渊博与深情，也看到他广阔的胸怀和对"人"与"人性"的同情。

王统照的欧洲之行在 1935 年春天结束。回国之后，他在青岛与老舍、洪深、吴伯箫、臧克家等作家一起创办了《避暑录话》周刊，该刊虽然依托当时的《青岛民报》，但是独立编排、装订、发售。戏剧家洪深在发刊词中写道："避暑者，避国民党老爷之炎威也。"这本刊物虽然存世时间不久，却成了这些优秀作家的战斗阵地，在那个风雨如晦的时代，为水深火热之中的大众发声。

抗日战争和解放战争相继爆发后，王统照更是积极投身其中，呼吁以文艺作为武器进行革命斗争。他先后在上海音专、暨南大学、山东大学教授中国文学。1947 年为抗议国民党当局暗杀闻一多、镇压学生运动，王统照愤而辞职，其间发表的大量文学作品，都是表达对帝国主义、国民党反动统治的愤懑与不满。

王统照的欧洲之行让他在自己的优雅与狼狈之间，尝遍了人生百味，也在对他人优雅与狼狈的观察之中，看尽了人生百态，坚定了自己为正义发声、不平则鸣的信念，也许这就是旅行为他带来的最大收获。他的温文尔雅被定格在照片中，他的愤懑不平与悲悯之心也永远地留在他的文字之中。王统照曾在给学生上的"最后一课"中要求学生"要有志气，要有冲破黑暗的精神"，他的书生意气，他的嫉恶如仇，他的顽强抗争，在那个风波迭起的时代化作了点点灯火，永远地为后来人指引着黑暗之后那终将奔向光明的道路。

参考文献：

[1] 刘增人 . 王统照传 [M]. 北京十月文艺出版社，1999.

[2] 刘增人 . 王统照论 [M]. 山东教育出版社，2001.

[3] 洪子诚 . 中国当代文学史 [M]. 北京大学出版社，1999.

[4] 王立鹏 . 王统照的探索精神及其对新文学的贡献 [J]. 东岳论丛 . 1988(1).

[5] 阎奇男 . 论王统照文学的"爱"与"美"思想——纪念王统照先生诞辰一百周年 [J]. 济南大学学报 (综合版). 1997(4).

萌 芽

——1929 年青年沙汀的自学生涯

沙 汀

（1904 — 1992），
原名杨朝熙，又名
杨子青，生于四川
安县。现代作家。

沙汀是中国现代文学史上著名的蜀地作家，他的文学作品将蜀地人情人性描摹得入木三分、淋漓尽致。这张照片中定格的青年与知名作家还没搭边，他看起来充满热诚、富有经验，又带着一丝青涩，正处于初出茅庐、寻找人生方向的时期（见第 105 页照片）。在外敌入侵、内乱不断的动荡时代，沙汀像当时千千万万的青年人一样，虽然有满腔热忱，但对未来该走什么路、从事什么事业却没有明朗的规划。最初的热忱与最单纯真挚的情怀，让他在师长友人的帮助下，在自己坚持不懈的奋斗下迅速地成长，一步步开启了属于自己的文学旅程。

沙汀原名杨朝熙，又名杨子青，1904 年生于

他看起来充满热诚、富有经验，又带着一丝青涩。

四川安县一个早已破落的传统家庭，自小入家塾读书。在四川的乡间长大的他，对当地军阀割据、地主豪绅压迫底层人民的情状有着最直观的感受。战争带来的社会动荡直接将人与人之间的关系推到了最赤裸相见的地步，无论是为了生存而挣扎在水火之中的贫苦百姓，还是趁乱满足金钱权势欲望的乡绅军阀，都给年少的沙汀留下了深刻的印象，也在他的心中埋下了一粒小小的种子，逐渐成长为日后文学创作的坚实根基。

1921 年，17 岁的沙汀进入成都省立第一师范学校学习。这所学校是当时四川地区最著名的学府，聚集了一大批优秀的教师和当时走在思想潮流前端的革命志士，无论是如涓涓细流的课堂风格，还是慷慨激昂的讲演，都让沙汀在五四新文化的洗礼中不断成长。他在这里不仅收获了文学生命中至关重要的养分，也在这里收获了一生中最宝贵的友情。汤道耕，也就是后来的艾芜，与沙汀同岁，同年进入省立第一师范学校，两个人不仅是同班同学，还同住一个寝室，两个性格相投又同怀一腔热血的少年就这样成了挚友，也成了漫长岁月中彼此惺惺相惜的知己。

初进学校的沙汀并不像家人所期待的那样迅速崭露头角，反而因学习上遇到困难而显得与同窗相差甚远，窘迫至极。从荒僻闭塞的家乡小县城来到成都开明的著名学府，没有英语和数学的底子，更没有阅读新文学的基础，他靠着关系才能入学。也正因如此，一向自尊心极强的沙汀自觉差人一截，在同学中自卑得抬不起头来。沙汀后来回忆这段时光时曾写道："我不敢直面看任何人，似乎他们都知道我是靠了人情才进去的，因而随时都会向我发出卑视的和诽笑的眼光。"

一时的落后并没有让他沉沦到底，反因不甘落于人后而愈加发奋努力，为了解决英文这一大短板，他不厌其烦地向班里英语学得最好的同学请教，而后又自己默默用功。礼拜日，别的同学去喝茶或找朋友玩要，沙汀却毫不热衷这些轻松愉悦的社交活动，自己溜进自修室看书，甚至偷看同学的抄本。学校放假时同学们纷纷回家休息，或三五结伴外出游玩，沙汀仍然留校读书，他像一块海绵一样求知若渴，迅速地从这所名校汲取着知识和思想的养分。

也正是在这里，一直生活在闭塞落后的乡镇之间的沙汀，第一次接触到了社会主义新思潮，由一个"落伍"的乡绅子弟，逐渐转变为一个新时代的新青年。他不仅飞快地在课业上追赶上了同学们的脚步，也在老师的引导下逐渐开始接触新思想与新文学。他和艾芜一同读创造社的作品，读《小说月报》《语丝》，也沉下心来去钻研文学创作的思路和技巧。他积极参加当时学生领袖组织的进步活动，也曾上街教课讲演，教小贩、苦力和家庭妇女认字、看报，这些经历都让他更深刻地领悟到了五四精神的含义。

沙汀当时的老师张秀熟曾回忆说："沙汀当时并不十分'跳跃'。因他的性格是那样的，虽是青年，已能考虑问题。他年轻而又老练，不是回到县里只会搞讲演，做宣传之类的角色，所以他才能坐而搞文学。搞文学也不一定是能在街上活跃的分子。"沙汀正是一个典型的"不活跃"的新青年，他在少年时代养成的沉静钻研与深刻思考的习惯也为他日后的文学创作打下了深厚的根基。

就在沙汀和同学沉浸在校园生活的充实美好中飞快成长时，突然袭来的白色恐怖打破了他们的平静生活。朝夕相处的老师有的被捕，有的牺牲，当交织着血与泪的故事真实地发生在身边时，沙汀再也难以袖手旁观。他在1927年加入了中国共产党，期盼着与这个先进的队伍一同去拯救国家和民族，去拯救每一个在生存的最底线上苦苦挣扎的同胞兄弟。

　　毕业后，沙汀曾跟同学一起先后赴南京、北京求学，然而皆没有什么成果，又返回四川。1929 年夏，沙汀来到上海希望能发展一番事业，却又一次面临着与 17 岁时极为相似的境遇，初来到十里洋场上海的他显得一身土气，生活习惯的不同、经济条件的窘迫，加之初到陌生环境的拘谨都让他显得格格不入。所幸有安县同乡萧崇素安排暂租了法租界菜市路天祥里的一间前楼，他和几个同学、老乡挤在一起，每个人都忙着投考学校。然而多番打听各个学校的课程后，沙汀却缺乏兴趣，此时的沙汀已经不再是曾经那个自卑的少年，但坚韧与热情依然与当年毫无二致。在朋友、同乡的帮助下，沙汀决心不去投考学校，而是自己学习文学创作。

　　当时的上海聚集了一大批共产党人和左翼青年，是革命思想传播的重镇。沙汀住所相邻后门的第一排房子，正是周扬、周立波、赵铭彝三位的住处，沙汀也因此有机会与这些文化名人进行更深入的交流。

　　然而这些便利的条件并没有给沙汀带来哪怕一丝的优越感，让他来肯定自己，在白色恐怖的压抑气氛下，他很难参与任何实际的革命活动。颇感苦闷的沙汀便把自己隔绝起来，一头扎进文学的世界中，整日沉浸在左翼提倡的俄国和欧洲经典作家的中译本作品当中。普希

線航的外律法
汀沙

　　沙汀 1931 年开始创作，1932 年出版第一部短篇小说集《法律外的航线》，绘出了一幅幅社会习俗的画面。其创作从未离开过生养他的川西平原，具有浓郁的乡土情结。

金、屠格涅夫、果戈理、托尔斯泰……这些作家似乎都成了沙汀的老师，隔着书页为他指引方向，那些经典名著中的故事几乎就是沙汀生活的全部。也正是这段废寝忘食堪称狂热的读书生活，让沙汀萌生了发出自己的声音去唤醒社会、唤醒人们革命思想的愿望。

1931 年，沙汀与少年时的挚友艾芜在上海重逢，两人在鲁迅先生的指导和帮助下开始写作，其间他们创作了大量的优秀文学作品，沙汀创作的《在其香居茶馆里》《一个秋天的晚上》在当时社会上产生了广泛影响。他以自己在家乡的生活经历为依托，怀着对社会底层人民的同情与对恶势力的愤慨，刻画了许多令人难忘的人物形象，也写下了无数饱含着血与泪的故事。无论是横行霸道的乡绅还是野蛮无知的地痞，无论是生存艰难的农民还是一贫如洗的教师，在他的笔下都被赋予了鲜活的生命力，也在他的巧妙构思下共同构成了一个又一个令人叹息、令人深思的故事，也正是这些优秀的文学作品，奠定了沙汀在当时文坛上难以撼动的地位。

照片中这个面目青涩、性格内敛的年轻人，曾经在乡间奔走，也曾在纷繁芜杂的城市中迷茫踌躇，凭着自己的坚定与韧劲，终于在时代的洪流中渐渐找到了自己的位置，也用自己的笔开创了一番足以令后人钦佩的事业（见第 105 页照片）。无论是在成都还是在上海，这两段苦行僧式的自学生活，不仅锤炼着他的意志，也在年轻的心中埋下了文学的种子。这粒种子在新文化和革命精神的浇灌与滋养下，扎根在广阔的社会生活中，渐渐发芽，长出了茁壮的枝干，让那个满怀热忱的青年终于成为优秀的作家，也成为勇敢的战士。

参考文献：

[1] 王晓明 . 沙汀艾芜的小说世界 [M]. 上海文艺出版社，1987.

[2] 黄曼君 . 沙汀研究资料 [M]. 中国社会科学出版社，1986.

[3] 李怡 . 巴蜀派、农民派与中国现代文学——现代四川文学与巴蜀文化之五 [J]. 宁德师范学院学报 (哲学社会科学版) 1996(2).

[4] 李洪秀 . 巴蜀文化影响下沙汀现代小说创作探析 [D]. 曲阜师范大学，2017.

不为人知的萧乾

——1936 年在武汉与侏儒的合影

熟悉萧乾的人都知道，他是闻名中外的文学家和新闻记者，拥有历经波折仍然相濡以沫的伴侣。但他的身世却令人唏叹，有过饱经磨难的童年和青少年。萧乾的父亲去世于萧乾出生前（1910 年 1 月）。更悲惨的是，在 11 岁的时候，母亲也离他而去了。年幼的萧乾失去了父母的关怀与庇护，不得不飞快地成长起来。

不幸的童年让他没有了其他同龄孩子应有的安全感，更不用说同龄人身上的那些快乐和幸福了。孤独一人的萧乾寄居在堂兄家，过着食不果腹的生活。在这么小的年龄，就吃不饱、穿不暖，身体发育所需的营养自然跟不上，本该长成一个身体健硕、英俊潇洒的男子汉的萧乾，又矮又瘦。

萧 乾

（1910—1999），原名萧秉乾，北京人，蒙古族。现代作家、翻译家、著名记者。

1936 年萧乾来
到武汉，遇到了两个
比自己身材更加矮小
的侏儒。他们的坦然
豁达让萧乾深受震
动。为了表达对二人
的感谢，也为自己在
这两位朋友身上得到
的启示留下一个纪
念，萧乾特意邀请二
人与自己合影一张。

再加上每天为生计奔波而风吹日晒，一张稚嫩的小脸逐渐变得黝黑起来。慢慢地，萧乾自小在生理上形成了两种自卑感：一是长得黑，二是身材矮小。

这背后是父母早逝和满是苦痛的童年生活带来的伤痕，也是他一生都未能抹去的烙印。后来萧乾提起这段经历时曾说："当我在未名湖畔初拿起笔来创作的时候，我好像在用手感伤地抚摸自己的童年。早年的往事，犹如一碗酸甜苦辣咸的菜汤，有一种难以代替的风味。有时它像是远方吹来的一支儿歌，有时又像是一场噩梦。"

当一个人沉溺于伤痛，甚至畏惧退缩时，往往会愈发懦弱。可当一个人能够正视伤痛，勇敢地跨越时，所有晦暗的过往都将变成一笔巨大的财富，催人成长，令人变得坚韧挺拔，给人带来源源不断的勇气和力量。

好在命运对萧乾并不总是那么残酷，后来，萧乾在学习文学的道路上遇到了他的恩师——巴金先生。巴金先生对萧乾来说，既是伯乐，也是在生活中时时给他开解与安慰的挚友，不仅在文学创作上对他毫无保留地加以指点，还帮助他找到了正视自我、对抗伤痛的方式，帮助他实现了文学创作生涯中最重要的一次成长。那时，巴金先生读了萧乾的一些小说，表示其中有值得赞赏之处，但同时也发现了他的作品因局限于自己一方小天地中的喜怒哀乐，而显得视野狭窄，观点也难免浅薄。巴金先生恳切地指出了萧乾的问题，希望他能走出自己的小天地，关心社会、拥抱同类。

听了巴金先生的建议，萧乾也意识到了自己的问题。但是，他比任何人都更清楚地知道自己的心结所在。外形给他带来的不自信和童年生活留下的伤痕，都让他无法正视一个真实的自己。于是，他鼓起勇气将自己在生理上的两种自卑感都一五一十地讲给巴金先生听。尤其提到，一次自己去走亲戚，那家的姑娘掀开门帘的第一句话就是："怎么还有长得这么黑的人啊！"那次经历让萧乾十分受挫，甚至对社交产生了畏惧心理。巴金先生听完之后哈哈大笑起来，说："我当是什么大不了的事情呢！原来是嫌自己太黑太矮啊！我给你说啊，那土行孙矮不矮？可他的本事大着呢！谁敢不敬他为英雄？那包拯够不够黑？但谁人不称赞他的清明廉洁、大公无私？所以你这个根本就不算什么。"萧乾点头称是，但是依然不能解开这个多年来形成的心结。巴金先生一看，萧乾这是认真的，便给他出主意，让他多出去走走，多到外面去看看，所谓解铃还须系铃人，自己的心结还得自己来解。

遵照恩师的建议，萧乾开始试着走出自己的天地。1936年这一年，萧乾来到了九省通衢的武汉，这里果然是地大江宽，好不壮阔！更重要的是，萧乾在这里遇到了两个比自己身材更加矮小的侏儒。看到他俩，萧乾的心中不免感到惊诧，不知这样的人在社会上生存要面对多少常人意想不到的困难和挑战！

出于对对方的尊重，萧乾并没有冒昧地提出问题，而是选择跟两人拉拉家常，想知道他们对自己矮小的身材有什么想法。没想到，这两个侏儒竟然说出了这样一段话："在别人眼里，我们是侏儒，是他们看不起的那一类人。但是我们从没

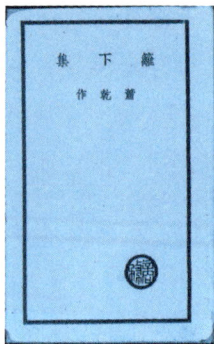

20世纪30年代萧乾曾主编《大公报·文艺副刊》，与此同时开始创作小说。他的作品常以儿童的视角来看待人间社会的冷热，带着强烈的同情心描写了北平下层人民悲苦的生活，自传色彩浓烈。这些作品收入他的第一本小说集《篱下集》（1936）。

这么看过自己。因为一来，我们是靠自己的双手生活，没有偷过、抢过，也不靠别人和政府，自食其力；二来，我们可以做一些别人做不了的事情，比如我们身材矮小，便于把东西从地上运到地窖中等，我们有自身的价值，我们对于社会是有意义的。"这一席话不仅让萧乾心生敬意，更让他意识到了自己因外形而自卑，甚至封闭自我，是一种多么狭隘的做法。比自己生存更艰难的人尚且能够坦然豁达地悦纳自我，他作为接受过教育的青年人却局限在小小的心魔中难以释怀，实在是太不应该。

为了表达对二人的感谢，也为自己在这两位朋友身上得到的启示留下一个纪念，萧乾还特意邀请二人与自己合影一张（见第 112 页照片）。虽然照片中的二人还显得有些紧张、不大自然，但是从萧乾的笑容，以及后面众人的围观上，依然可以看出当时轻松、愉悦的气氛。

也正是在这一年，26 岁的萧乾出版了两本短篇小说集，分别是《篱下集》和《栗子》。这两部作品在很大程度上奠定了萧乾作为京派作家之一在文学史中的地位和价值，李健吾评价萧乾的作品"有一颗艺术自觉心，处处用他的聪明，追求各自的完美"。他凭借着一个生活在城市中的乡下人身份，从自己童年经历的独特视角出发，刻画了许多形象饱满的人物，也讲述了无数动人的故事。

萧乾的童年生活和那些未曾抹去的伤痕给他的文学创作带来了源源不断的灵感。在《篱下集》中，萧乾借环哥这个小主人公的所见所闻和一言一行，讲述了母子两人寄人篱下所遭遇的不公和冷眼，尽管环哥还是个孩子，有着童真童趣，却难掩他小小年纪就体会到无法逃避的世态炎凉。那些挣扎在社会底层的人们在萧乾笔下，变得灵动而丰满，仿佛他们的悲苦无奈和偶尔的幽默自嘲就在书页之间跳跃，让人一伸手就能触摸到。

巴金先生后来得知萧乾的变化，感到很欣慰。巴金的一席话，造就了萧乾文学生涯中最重要的改变。亦师亦友的巴金先生，成了萧乾终身的知己与挚友。改革开放后，萧乾曾在文章中回忆道："巴金是用心灵蘸着血和泪直接同读者对话的一个作家，不是用华丽的辞藻而是用真挚的感情来直扑人心的。"提及当初在蔚秀园初识巴金的情景，萧乾形容自己为"头脑是个大杂烩，有早期接受的一点进步思想，有从大学课堂里得到的大量糊涂观念"，有许多的顾虑和隐伤。巴金毫无保留地指导后辈，以最质朴的生命体验与悲悯之情去支撑文学创作的独到见解，乃至于坦然从容的生活智慧，深深地影响了刚刚踏上文学创作道路的萧乾。从此，这张摄于 1936 年的照片（第 112 页照片），也成为萧乾最具有纪念意义的合影之一。直到今天，我们似乎仍然能够从这张照片中看到那个年代无数像野草一般坚韧生长的人们，看到一个锋芒初现的青年眼里闪烁的灼灼光辉。

参考文献：

[1] 傅光明 . 解读萧乾 [M]. 大众文艺出版社，2001.

[2] 徐平霞 . 趋同与疏离——萧乾创作与京派关系研究 [D]. 南昌大学，2016.

[3] 胡永生 . 羁旅人生 文坛驰骋 [D]. 福建师范大学，2014.

[4] 翟瑞青 . 童年经验对现代作家创作的影响及其呈现 [D]. 山东大学，2013.

[5] 耿瑛丽 . 深入其中，游离云外——萧乾创作道路的转向 [J]. 学术评论，2012(Z1):141—146.

最残酷又最自由

——1934年王统照在罗马斗兽场

罗马是一个充满神秘气息的地方，即使对西方谚语并不熟悉的中国人大概也听过"条条大路通罗马"这句名言。这个神秘之都，人们用来借指自己的向往之地，却有着人类史上近乎残酷的历史，也有着捍卫自由的斗士。这张照片的背景，就是古罗马斗兽场的遗址，摄于1934年王统照出游欧洲之时（见第118页照片）。这次罗马之行，是王统照早早计划好的，他并不像久仰罗马大名的观光客，而更像是来拜访一位老友的。

这位让王统照神交已久的"老友"，就是英国诗人雪莱。"诗人是一只夜莺，栖息在黑暗中，用美妙的声音歌唱，以安慰自己的寂寞"，这是雪莱写下的诗句。他生长在英国社会急剧动荡的

王统照

（1897－1957），又名剑三，山东诸城人。现代小说家、诗人。

这次罗马之行，是王统照早早计划好的，他并不像久仰罗马大名的观光客，而更像是来拜访一位老友的。

时期，目睹了社会的重重黑暗与革命者冲破黑暗的艰辛，他自己也曾因反封建思想和言论屡次遭遇无情的打压，甚至因一篇《论无神论的必然性》而被牛津大学开除。他一生写作了许多精彩的政治诗歌和反封建、支持革命与自由的诗剧、政论，他站在人民的阵营里，为打破沉重的枷锁而奔走疾呼，这也恰恰是王统照在中国一直坚持的事业。

1934年4月17日，拜谒雪莱的墓地之前，王统照慕名来参观著名的古罗马圆形大剧场。曾经美轮美奂的建筑经过近两千年的风雨剥蚀，早已成为一座废墟，曾经的瑰丽庄严虽已消失殆尽，却仍然保留着浩大恢宏的气势，这令无数游人惊叹的美景背后又充满了残酷无情的血腥。这个建于公元1世纪的剧场，曾是古罗马残忍的奴隶主贵族们命令奴隶与奴隶、奴隶与猛兽决斗的地方。而贵族们则携带妻眷在看台上欣赏，在血肉厮杀的场面中获得居高临下的快感。奴隶不被当作人来看待，在拼杀中死伤实属正常，死了便和被杀死的野兽一起从剧场底下的人造湖运出。贵族们无论是风度翩翩的绅士，还是纯真温柔的少女，都以欣赏此景为乐。这种境况，犹如鲁迅笔下所写的"人吃人"的残暴。王统照参观至此，想到遥远的祖国仍有无数挣扎在水深火热中的民众，那些为民主与自由而战的勇士们，仍然承受着黑暗势力的压迫，更无法抛开历史来欣赏建筑的美感。王统照出门之时，请人拍下了这张照片。身着西装的他虽看似潇洒，却紧皱着眉头。见到古建筑的兴奋之感，早已被回忆残暴画面的痛心重重压下。见证历史固然是旅行之趣味，而见证这样一段残暴的历史，对于一生致力于疾呼正义、自由的作家来说，却显得沉重万分。

在这之后，王统照终于来到了雪莱的墓地，这片被苍翠树林围绕着的墓园，少有游人踏足，幽静得仿佛是另一个世界。雪莱的墓志铭是来自莎士比亚的《暴风雨》中的诗句："他并没有消失什么，不过感受了一次海水的变幻，他成了富丽珍奇的瑰宝。"与游历斗兽场的心情正相反，王统照在这里看到了一位伟大的诗人上下求索的一生，看到了冲破黑暗的自由，看到了圣洁与静谧，那是历经风雨才终于得到的，是世间最宝贵的自由。

王统照在欧洲之行出发前便定下了要来参观雪莱墓的计划，终于成行时，站在雪莱的墓前，激动之情溢于言表。雪莱对于中国现代作家意义是极其独特的，他对自由的呼声，对个性解放的追求曾启迪了无数在"黑屋子"里找不到出路的中国青年。当亲自来到雪莱的墓旁，王统照心中激荡着无数的感慨，他写下一首长诗祭奠诗人的斗争，及他所给予自己与同胞的启迪：

> 诗的热情燃烧着人间一切
> 教义的铁箍，自由锁链，
> 欲的假面，黑暗中的魔法，
> 是少年都应分在健步下踏践。
> 他们听见了你的名字（自由）的光荣欢乐。
> 正在清晨新生的明辉上，
> 超出了地面的群山，
> 从一个个的峰尖跳过。

王统照的长诗似乎是在百余年后，对雪莱那些清醒而英勇的思想，作了一次最振聋发聩的回应。正如他在诗中所说，此行的祭奠，没有带来一首挽歌、一束花朵，却带着中国青年争取自由的精神，来与那金色的一团霞光作一次最神圣的会晤。王统照在诗中这样评价

雪莱："挣脱了生活枷锁；热望着过去光荣。是思想争斗的前峰，曾不回头，把被热血洗过的标枪投在沙中。"雪莱不屈不挠的抗争，似乎是眼前一座雄伟的山峰，指引着后来的勇士们，永不退缩，永不畏惧。

不知是讽刺，还是命中注定。在罗马这片最残酷的土地上，却最终安放了最自由的灵魂。正如泰戈尔的诗句所言："只有经过地狱般的磨炼，才能创造出天堂的力量，只有流过血的手指，才能弹出世间的绝唱。"也正如这张照片一样，站在人类历史中残暴罪证斗兽场之前的，是皱眉的作家、诗人王统照。他曾亲眼看到中国最底层人民的挣扎与苦难，被压迫得丧失尊严地生存着，似乎与罗马时期那被迫互相残杀的奴隶毫无二致。他在欧洲也同样看到了无数失业的人们，他们曾经是战场上为国家而战的士兵、军官，却在得到短暂的和平与喘息之时，失去了赖以谋生的工作，他们"经过了欧战的教训与当前的困苦，更感到弱者的悲哀"。战争的残酷不仅仅在于被侵略者的痛苦，也同样在侵略者的祖国留下难以抹去的伤痕。列强的争斗与对别国的侵略是政客的争斗，是军队的交战，真正牺牲的却是最无辜的民众。面对那几乎将人间吞噬殆尽的黑暗，真正英勇的战士无所畏惧地举起手中的剑，去劈开厚重的云层，哪怕被闪电灼伤，也不放弃寻找光明的希望。

作为文学研究会的发起人之一，王统照积极倡导"为人生"的文学，1924年出版的短篇小说集《春雨之夜》表露了他对种种人生问题的探索。

面对历史之黑暗，最先皱眉、反省、奋起、反抗的，正是这些现代文学史上的作家，而王统照永远是冲在最前方的一个。

如果说雪莱是为自由而战的勇士，王统照也同样是生在旧中国，却被新思想洗礼淬炼过的一块钢铁。他生在一个虽不愁吃穿但并不富裕的家庭中，没有实力深厚的家族背景，自小不曾有机会聆听各路文人清客的高谈阔论，第一次读到鲁迅的《怀旧》，便深为感佩，自此对新文学与旧文学之间的差别和这背后思想解放的意义有了更深的了解。是五四时期那风云激荡的思想潮流造就了他，而他以极大的热情投身于五四新文化运动中，他钦佩鲁迅的敢为人先，他与沈雁冰等人一起编辑进步刊物，为瞿秋白赴苏俄采访送行，他与徐志摩陪同印度诗人泰戈尔到济南讲演并担任翻译……他年轻的身影，似乎是一团永远不知疲倦的燃烧着的火焰，与无数志同道合的战士一同闪着永不熄灭的光。

历史以如此残酷的方式，用亲眼所见的血腥和残酷唤醒了他们，用切肤之痛催他们奋进，又用无数惨痛的教训、伟大的思想哺育了这些天之骄子，让他们觉醒，亲自撕裂旧的自己，摧毁旧的黑暗的世界，带领着更多人去创造一个新的未来。王统照的《山雨》，是革命之狂风席卷中国大地的前奏，山雨欲来风满楼，而这"山雨"又岂是仅预示中华大地的觉醒？面对法西斯的暴行，全世界人民都将面临新的觉醒。现实的暴露是最有力的铁证，站在历史如此特殊的关节点上，王统照紧锁的眉头后，是一个觉醒者对责任义无反顾的担当。

参考文献:

[1] 刘增人 . 王统照传 [M]. 北京十月文艺出版社，1999.

[2] 刘增人 . 王统照论 [M]. 山东教育出版社，2001.

[3] 洪子诚 . 中国当代文学史 [M]. 北京大学出版社，1999.

[4] 王立鹏 . 王统照的探索精神及其对新文学的贡献 [J]. 东岳论丛 . 1988(1).

[5] 章唱 . 文学家们的墓志铭 [J]. 世界文化，2000(2):20.

[6] 徐广联 . 是巫术，还是艺术——论雪莱《西风颂》的多重内涵意义 [J]. 文艺理论研究，1993(5):9—14.

人生的荒诞逆旅

——许钦文的 1934 年

许钦文

（1897—1984），原名许绳尧，生于浙江绍兴。现代乡土作家。

照片中这位忧郁的男子，是中国现代著名的乡土作家许钦文。生性内敛的许钦文曾在民国红极一时，被各大报纸争相报道，恨不得挖地三尺来掘出他的生活点滴，却并不是因为他的文学作品，而是因为一桩杀人案。本就坎坷的人生又与他开了一个巨大玩笑。

许钦文原名许绳尧，1897 年出生于浙江绍兴山阴县东浦村，算是鲁迅先生的同乡，也是在鲁迅的直接关怀帮助下成长起来的乡土作家。1922 年他发表的第一篇作品——短篇小说《晕》——就是鲁迅先生订正和资助的。鲁迅欣赏许钦文的创作才华，在 1924 年发表的小说《幸福的家庭》（《妇女杂志（上海）》第 10 卷第 3 期）的篇首中

生性内敛的许钦文曾在民国红极一时，被各大报纸争相报道，恨不得挖地三尺来掘出他的生活点滴，却并不是因为他的文学作品，而是因为一桩杀人案。

还曾特别注明"拟许钦文"。1926年许出版了短篇小说集《故乡》，之后《赵先生的烦恼》《回家》等作品集相继问世。他笔触细腻，文字充满浓郁的乡土气息和鲜明的地方色彩。一篇篇饱含赤子之心的作品，让许钦文成了中国新文学中乡土文学创作的早行者，称誉于20世纪二三十年代的中国文坛。

许钦文有一位挚友兼同乡陶元庆，是一名青年画家，才气逼人。陶元庆曾在上海艺术专科师范学校师从丰子恺和陈抱一等名家学习西洋画，后来从事图书设计和装帧工作，多次为鲁迅的作品设计封面，深得鲁迅先生的赏识，并为其画过肖像。而介绍陶元庆与鲁迅结识的正是许钦文。许陶之间是患难之交，在绍兴第五师范做同窗好友，在北京同住南半截胡同绍兴会馆，在台州、西湖又一起教书，两位寂寞的青年常在一起讨论。

然而因为操劳过度，1929年8月6日，陶元庆不幸因伤寒病逝，终年37岁。作为知己好友的许钦文十分痛楚，茶饭不思，还要帮忙操办陶元庆的后事。因为陶生前喜欢西湖，许钦文就将他葬在能够远眺西湖之处，并请丰子恺写墓碑"元庆园"。为了保存他的作品、完成他的遗愿，许钦文四处借债在杭州保俶山后购得一块地皮为陶建了一个画室，展览他生前的画作。因借债太多，就叫了"愁债室"，旁边又造几间小屋，自己住在里面。足见两人之间友谊的深厚。

陶元庆有一妹妹陶思瑾，身材消瘦，肤色雪白，当时也在杭州念书，因陶元庆的关系许钦文也对陶思瑾照顾有加。因思念哥哥，陶思瑾也常来小屋居住。她有一位好友叫刘梦莹，刘的父亲被谋害，丧兄的陶思瑾非常能理解这种失去亲人的悲痛，于是两人成了无话不谈的好朋友，进而发展出了互相爱慕的情谊。在刘梦莹的日记中有这样的文字："思瑾你是一个美妙天真的姑娘，你那热烈真挚的情感，使我

怎样感激。"这种独白可谓热烈又大胆。一对天真烂漫的女青年早起碰面，"双双出门，行过断桥，穿过桃红柳绿的白堤，到平湖秋月对面的艺术学府里去学歌学舞，学画学琴，趁着夕阳双双回家"。1932年2月，陶思瑾和刘梦莹先后来"愁债室"，许钦文为了避讳就独居纪念室，让两位小姐住在小屋里。由于二人常来，许钦文不以为意，谁知却出了大事件。

这天是1932年2月11日，正月初六，各处洋溢着过年的喜庆气氛。许钦文办完了事回家，却发现女佣陈竹姑站在家门口，不知为何两个姑娘在家将门反锁了起来，敲门也不应。于是许钦文情急之下从后门撞断铁钩进入院内，被眼前的一幕惊呆了：两位姑娘血淋淋地躺在草坪上，正是刘梦莹和陶思瑾。身材娇小的刘已经失血过多，气绝身亡，旁边的陶思瑾昏厥过去，也是奄奄一息，草坪上还掉落着一把染血的菜刀。许钦文顿时慌了神、手足无措，半晌才反应过来，匆忙打开正门，和女佣、邻居把陶思瑾送入医院抢救，又去报警。

这就是当时震惊全国的"刘陶惨案"，作为事发地的屋主，许钦文被认为和凶杀案脱不了干系，被警署羁押。一时间杭州城内闹得满城风雨。因为许钦文单身收留两名女子，也有流言说是三角恋爱争风吃醋，以至于相杀。陶思瑾经过抢救醒转来，然而精神状态并不稳定。次日，许钦

许钦文在北京大学旁听时认识鲁迅，得到他的指导，后来成为语丝社活跃的作家。他的第一本短篇小说集《故乡》（1926）被鲁迅编入"乌合丛书"出版，作品虽然稍欠成熟，但对世态人情的摹写"包着愤激的冷静和诙谐"。

文和女佣被移送到地方法院，等待法官询问，法医的尸检报告指出，死者身上多处刀伤，状极凄惨。许钦文陈述，自己当天中午送人去江干花仙桥，下午4时才返家，有不在场证据。随后女佣说东家（许钦文）中午离家，刘小姐要洗澡，由自己提水进浴室，后来陶小姐让自己去买雪花粉，回来时便发现敲门不应，这时才遇到回家的许先生。待每人口述后，法官认为此案扑朔迷离，命令警方继续调查取证。

刘梦莹的姐姐刘庆荇听说后，立刻赶来，看见许钦文被关押，竟不分黑白认定许钦文定是杀害妹妹的凶手。先以妹妹身上带有不少财物为由状告许钦文谋财害命，但证据不足。许钦文也同样积极提起诉讼，并且聘请了律师为自己辩护，称自己无罪受到羁押。法院继续侦查后没有发现许钦文杀人的证据，于是在3月16日将羁押一个月的许钦文取保释放。然而这样的结果不仅刘庆荇

鲁迅小说《幸福的家庭——拟许钦文》，初刊《妇女杂志（上海）》第10卷第3期。后收入《彷徨》。篇末《附记》写道：我于去年在《晨报副刊》上看见许钦文君的《理想的伴侣》的时候，就忽而想到这一篇的大意，且以为倘用了他的笔法来写，倒是很合式的；然而也不过单是这样想。到昨天，又忽而想起来，又适值没有别的事，于是就这样的写下来了。只是到末后，又似乎渐渐的出了轨，因为过于沉闷些。我觉得他的作品的收束，大抵是不至于如此沉闷的。但就大体而言，也仍然不能说不是"拟"。二月十八日灯下，在北京记。

不满意，坚持向法院提出要将罪犯绳之以法，当时在旅杭湖南人中也掀起了轩然大波，一些同乡认为法院在偏袒许钦文。案子又被推上了风口浪尖。

在检察院的大力搜查下，刘、陶两人的日记呈现在公众面前。原来朝夕相伴，在外人看来情同姐妹的一对女子是同性恋人。不仅在日记中热烈大胆地互诉衷肠，她们还相互约定"今生不再嫁人"。但两人的海誓山盟早已破裂，互相猜忌。陶思瑾怀疑刘移情别恋，刘也怀疑陶爱上了同校的女教师刘文如，因而对自己非常冷淡。"我要作一伟大情场中的英雄者，到那时我也愿意断送。我不愿我所爱的你，使人占取，这似乎占取了我的心一样。思瑾你愿意与刘文如离开么？你假如不愿，我可像沙乐美一样，把她所爱的人杀去呢。"可见两人早已貌合神离。

在法律面前，陶思瑾最终承认刘是自己所杀，原来那天女佣出门买雪花粉，自己把大门反锁。刘梦莹洗澡完出来又提起刘文如，咄咄逼人问陶"是不是回来找她"，两人遂起争执，陶思瑾冲动之下认为自己不杀了对方，日后必会为刘所杀。于是举起菜刀向刘梦莹砍去。刘梦莹试图逃跑，两人在厮打中陶已达疯狂状态，割断了刘的喉管，自己假装昏倒在一旁。案情终于水落石出，许钦文也被证明清白。

然而一波未平一波又起，死去的刘梦莹是共青团员，遗物中翻出了她的团证，于是许钦文被扣上"组织共党"等罪名，被当场戴上镣铐，关进小车桥浙江军人监狱。那里关押着土匪、强盗、红丸犯等，鱼龙混杂。许钦文无可奈何，其实刘梦莹只是共青团员，算不得共产党员，至于"组织共党"，那更是无中生有。

初到监狱，许钦文战战兢兢，本以为犯人都会是凶神恶煞的，可是难友们还算客气，有人安慰他说："已经来到这里，只好宽宽心再说了！"看他是个文人，还帮他洗洗衣服、补补破洞。许钦文万万没有想到，这些狱友，竟比外面那些法官、警察对他还要好些。一开始许钦文想要绝食抗议，后来为保存体力准备上诉，他开始恢复进食。同时，好学的本性又让他开始自学英语、日语，很快他就能看懂一些简单的外文书了。

1934 年 7 月 10 日，许钦文在鲁迅和蔡元培的帮助下保释出狱，改判一年徒刑，缓期两年执行。晚年许钦文在《卖文六十年志感》中说，生我者父母，教我者鲁迅先生也；从监牢里营救我脱离虎口者，亦鲁迅先生也。人们都以为这段无辜的冤狱定对他打击不小。可许钦文却在监狱中重拾了生活的信心。监狱里那些对他温厚的善良的人，又有多少人是真的有罪呢？他们在监狱中被狱警欺压，受着毫无人道的待遇，尚且尊重他、帮助他，自己如今活得好好的出来了，又有什么理由沉沦呢？经历了人生的荒诞逆旅，许钦文看淡了耻辱，收获的是更大的勇气。就在这一年，他的长篇小说《两条裙子》由北新书局出版发行。

参考文献：

[1] 蔡一平 . 回忆许钦文老师 [J]. 新文学史料，2007(2).

[2] 高松年，龙渊编 . 许钦文散文选集 [M]. 百花文艺出版社，2009.

[3] 许纪霖 . 近代中国知识分子的公共交往 [M]. 上海人民出版社，2008.

[4] 周海婴 . 鲁迅、许广平所藏书信选 [M]. 湖南文艺出版社，1987.

[5] 鲁迅 . 鲁迅全集 [M]. 人民文学出版社，1981.

[6] 许钦文 .《鲁迅日记》中的我 [M]. 浙江人民出版社，1979.

[7] 许钦文 . 学习鲁迅先生 [M]. 上海文艺出版社，1959.

何处为家，何以为文

——1935 年的沙汀

沙汀是现代文学史上的一位重要作家，也是极有造诣的文学评论家。他生在四川安县一个并不富裕的家庭。当时的四川正处在地方军阀和富绅横行的时期，自小在这里生活的沙汀经常跟着袍哥舅父一起跑滩。17 岁他进入成都省立第一师范学校，受到五四新文化和社会主义思潮影响。1927 年他加入中国共产党，在家乡从事革命活动。沙汀入党不久，成都就发生了"二一六惨案"（1928 年），激烈的斗争中，反动当局派出大批武装力量包围了学校，逮捕了教员、学生一百多人，许多中共党员和革命青年被残忍杀害。留在四川难逃追捕，沙汀只好流亡到上海。

这张照片（见第 132 页照片）摄于 1935 年，

沙 汀

（1904 — 1992），原名杨朝熙，又名杨子青，生于四川安县。现代作家。

　　从这张一派温馨的照片中，丝毫看不出那时的沙汀与妻子黄玉颀带着刚刚年满周岁的儿子杨礼生活得并不轻松。

画面中的一家三口脸上都挂着微笑，稚子可爱，对当时的生活境遇惘然不知，那是天真烂漫、发自心底的笑容；而沙汀与妻子的笑容，携带的更多是历经艰难后的淡然与从容。从这张一派温馨的照片中，丝毫看不出那时的沙汀与妻子黄玉颀带着刚刚年满周岁的儿子杨礼生活得并不轻松：沙汀刚刚走上写作道路，正饱受生计困扰，未来一片迷茫的同时，又被琐事缠身，难以挣脱。

1935 年 3 月，沙汀最好的朋友——作家艾芜去了青岛，寻找更加良好的写作环境。沙汀反复思考，决定追随好友的步伐，将全家从上海迁到青岛。6 月，沙汀终于到了青岛。写作事业刚刚起步，他的稿费收入并不丰厚，传闻中美丽的海滨浴场不属于他，透过窗户便可看到碧海蓝天的高档住宅也不属于他，孩子还年幼，一家三口的生活处处都需要稳定的经济来源作为支撑。沙汀只好勉强起笔，为在上海创办了新杂志的李辉英供稿，但是作品并不令人满意。他本想来青岛寻个清静，对自己的写作事业重新加以审视，无奈这种清静也在无形中扼杀了创作的灵感。

妻子黄玉颀一直支持沙汀的写作事业，年少的儿子为家庭生活增添了许多童趣与温馨，但是维系一个小家庭的运转并不容易，生活中的种种琐事都需要夫妻俩亲力亲为地解决。妻子年纪小，身体又不好，沙汀分担了大部分的家务，每天处理生活中柴米油盐的杂务让他疲惫无比，创作也因此更加艰难。

在青岛安家不久，沙汀便接到哥哥的来信，母亲突然去世了！虽然沙汀四处求学已离家多年，还是被这一噩耗深深打击。母亲自小对他十分疼爱，带着妻儿离家多年的他本就难以承欢膝下，让母亲安享天伦之乐，心头时时涌起的愧疚尚未消散，母亲又突然逝去，让他再也无法弥补遗憾。与此同时，母亲的谢世也让他失去了本就不多的接济，这意味着一家三口的生活要全部依靠他的稿费来维持，这对当时刚踏上写作之路又尚未步入正轨的沙汀来说，几乎是不可能的。

沙汀还来不及从丧母之痛中走出来，又要为一家三口的生计重做打算，他与妻子彻夜长谈，当时黄玉颀身体不好，儿子杨礼年龄又太小，奔波回川一路艰难，而抛下妻儿，沙汀又放心不下。迫于无奈，沙汀只好重返上海，寻求朋友的帮助。为了节省路上的开支，一家三口选择坐船回沪，那天海上的风浪并不大，但第一次坐船的沙汀夫妇还是因为晕船颇为受苦，只有年少的小杨礼开心至极，望着无边无际的大海兴奋无比，又和船上的水手们玩耍，讨月饼、水果吃。那一次海上的航行或许对于年幼的杨礼来说新鲜有趣，但对于身陷困境之中的沙汀夫妇而言，感受的却是难言的沉痛与惆怅。

回到上海，彻底失去经济来源的沙汀一家生活更加窘迫，好友周扬和周立波见沙汀夫妇温饱尚成问题，便通过好友吴敏在正风中学给他找了教国文的职位，后又帮他找到写电影剧本的差使赚些钱，虽然收入并不丰厚，却也能够满足一家人的生活所需，沙汀这才勉强将妻儿安顿下来，自己也终于可以放心启程奔丧。

上海到家乡的路途，沙汀已走过不知多少遍，然而这一遍，却是最沉重的。母亲的离去断了他

从 1941 年开始，沙汀蛰居四川睢水十年中，创作达到高峰期。《还乡记》的故事发生在林檎沟，自从一场农民暴动被镇压以后，贫苦农民长期饱受剥削、压迫，已经到了走投无路的地步。冯大生被迫卖壮丁，他在国民党军队中过着非人的生活，他作为"抗属"的家人遭到保甲长的肆意欺凌。

的物质支援，也在精神上带给他极大的震动与伤痛。人生苦短，抚育自己长大成人的慈母已经溘然长逝，可是自己的路还没明晰，自己的家庭尚未稳固，妻儿是他在这人间最美好而又脆弱的牵念，文学于他而言，还是一个虽抱着满腔热情却又迷茫难寻的梦。

鲁迅曾在写给艾芜和沙汀的一封长信中说："现在能写什么，就写什么，不必趋时，自然更不必硬造一个突变式的革命英雄，自称'革命文学'；但也不可苟安于这一点，没有改革，以致沉没了自己——也就是消灭了对于时代的助力和贡献。"沙汀没有忘记鲁迅先生的提醒，在迷茫中不断地探索、反思。没有一个作家能够仅靠灵感创作，任何创作都需要扎根于真实生动的生活，需要去贴近那些有血有肉的人们。沙汀在成长过程中，亲眼看到、亲身经历了太多苦难和艰辛，然而此时的他，还不知道自己未来的方向在哪里。

抗日战争爆发后，沙汀与何其芳、卞之琳共赴延安，后来又随贺龙转赴晋西北和冀中抗日根据地，革命根据地新的生活让他重新拾起了创作的热情，经过不断的挫折与迷茫之后，他终于寻回了自己的勇气和信心。其间，他写出了著名的《随军散记》《在其香居茶馆里》。皖南事变之后避居四川山区期间，他又写出了极具代表性的三部长篇小说《淘金记》《困兽记》《还乡记》，这些作品以四川农村作为故事发生的大背景，以现实主义的笔法刻画了当时乡村的农民生活、社会矛盾，带有极强的幽默感和浓厚的地方特色，从不同的侧面揭露了抗战时期社会的黑暗面和新旧社会交替带来的阵痛。在作品中，我们似乎看不到作者本人的喜怒哀乐，也看不到作者的偏好与倾向，他似乎只是冷静客观地观察、记录着身边的一切，在一个个鲜明的形象中，在一次次矛盾与冲突的爆发中不动声色地表达自己对于整个社会的思考和感悟。

　　沙汀是中国现代文学史上以讽刺和描写地道的四川风土人情而著名的作家，这是他不可替代的创作风格，更是他立名于现代文学史傲人的资本。他的笔名来自故乡沙里淘金的工人们，来自最朴实无华的生活。他的创作之路并不平坦，而是几经波折，充满了艰辛与崎岖。千淘万漉虽辛苦，吹尽狂沙始到金。正如沙里淘金一般，生活的艰辛一次次将他逼向"何处为家"的境遇，一次次内心的迷茫让他发出"何以为文"的叩问，经过反复的磨炼与淘洗，沙汀的文学创作终于走向了成熟，走向了他最期待的远方。1935 年伴随着丧母之痛的返乡之旅在作家沙汀的精神旅程中刻下了浓重的一笔。

　　何处为家？潇湘尽处，历经风雨方为家。

　　何以为文？平实无华，质朴深刻是为文。

参考文献：

[1] 沙汀. 沙汀自传：时代冲击圈 [M]. 北岳文艺出版社，1998.

[2] 赵凯. 延安时期青年知识分子奔赴延安的原因及启示 [J]. 学理论，2016(3).

[3] 段崇轩. 从"讽刺"到"歌颂"的"过渡"——沙汀短篇小说论 [J]. 当代文坛，2012(1).

[4] 邓伟. 试析抗战时期左翼文学大后方书写的逻辑——以沙汀的川西北地域小说为例 [J]. 当代文坛，2012(2).

[5] 吴福辉. 沙汀传 [M]. 十月文艺出版社，1990.

明亮的星 •

热情地写着，热烈地爱着

——清华校园里的曹禺

这张毕业照拍摄于 1933 年，照片中的青年浓眉大眼，目光炯炯有神，嘴角略微上扬着，身着学士服，一表人才（见第 140 页照片）。这就是曹禺，那年他从清华大学毕业，获得学士学位。在清华学习的几年对曹禺来说，是创作的积累期，几乎与他的毕业论文一起问世的就是他那被称为"一出手就成了无人能逾越的高峰"的处女作——《雷雨》。人们惊讶于年纪轻轻的曹禺何以有如此才华，而除了个人的天分外，清华园中几年学习生活的经历与积累，则是最好的答案。

曹禺与戏剧结缘很早，小时候常随继母一同看戏的经历，在他心里种下了一粒戏剧的种子。在南开中学读书期间，他加入了著名的南开新剧

曹　禺

（1910—1996），原名万家宝，祖籍湖北潜江，生于天津，是我国现代著名的剧作家。他在戏剧创作中继承和发扬了五四新文学反封建的光荣传统，为中国现代话剧事业做出了卓越贡献。

  在清华学习的几年对曹禺来说，是创作的积累期，几乎与他的毕业论文一起问世的就是他那被称为"一出手就成了无人能逾越的高峰"的处女作——《雷雨》。

社，受到张彭春的指导，参演了多部戏剧，其中最著名的要数易卜生的《娜拉》，深得师生喜爱。中学毕业后，他被保送升入南开大学政治系。然而，这位热爱戏剧艺术的年轻人怎么也忘不了那些舞台上璀璨的时光，他不喜欢政治，只有与戏剧共处的快乐才让他刻骨铭心，被压抑的创作火焰在心底越烧越旺。

1930 年的暑假，曹禺怀揣色彩斑斓的梦想，转去清华大学的西洋文学系。经过考试，曹禺作为西洋文学系二年级插班生被录取，他自然是欣喜若狂的，终于能够全身心投入文学的海洋里了！清华俨然一座"世外桃源"，毕竟这里是由一座私家园林改造成的一所"环境宜人、设备完全、学风良好的大学"。校园环境幽雅，校园中花木色彩丰富、品类繁多、错落有致，并随四时不同而变化。红砖楼隆然而起，大礼堂巍然屹立，绿茵茵的草坪与蔚蓝的天空相映成趣，的的确确是一个创作的好地方。

当然，除了学习，曹禺怎么可能放弃任何一个演剧的机会呢？清华也有剧社，只是相比于南开要萧索很多。于是这年冬天，他又开始排戏，排的还是那部《娜拉》。曹禺之前在南开演剧实在太出名，师生都知道清华来了个演过《娜拉》的万家宝。别看曹禺个子不高，平时也比较沉默，但极具表演天赋，在台上能够充分体现出导演的意图，一双大眼睛流盼之中含着震人心魄的力量，极富感染力。然而这一次和以往不同，曹禺不只男扮女装出演娜拉，还担任着导演一职，这对他又是个挑战。自然，次年春天，在清华大礼堂公演的《娜拉》也是大获成功，大家纷纷称赞曹禺的表演果真"名不虚传"。随着戏剧界的改革，曹禺的这次男扮女装，几乎是戏剧史上最后一次男扮女角了。因为喜爱，同学们都叫他"小宝贝儿"（曹禺原名万家宝）。后来因才华出众，曹禺更是位列清华三杰之一。当时传说清华三杰为

"龙、虎、狗"，这清华之"虎"，说的就是曹禺。

1931年"九一八"事变发生，举国皆怆，清华园里的青年们更是悲愤不已，同仇敌忾。第二天就成立了抗日救国会，开展各种救国运动。之后为了配合抗日救国宣传，曹禺排演了《马百记》《骨皮》等剧，轰动全校。

清华不仅让曹禺如鱼得水、少年得志，还为曹禺提供了爱情的土壤。1932年，剧社排演英国剧作家高尔斯华绥的《罪》（又名《最前的与最后的》），这部剧中有三个主要角色，哥哥吉斯、弟弟拉里，还有拉里的爱人汪达。曹禺和好友分别饰演两个男主角，还差女主角找不到合适的人选，有人推荐让法律系一年级的郑秀试试。曹禺是认识这位姑娘的，早在《娜拉》清华公演结束之后，就有人介绍郑秀给他认识。当时郑秀还在贝满女中上学，个子不高，但是身材苗条，面容清秀，举止娴雅，仪态大方，给曹禺留下了非常好的印象。而且这位活泼的姑娘会弹钢琴，也能说一口流利的英语，在高中时期就演过七八部戏。后来郑秀回忆说："我不知为什么曹禺来找我。我在中学演过戏，贝满中学在通县办过一所平民学校，就是靠演戏捐款办的。我说我不能演，他仍然让孙浩然来说服我，还有南开来的一些女同学也都说万家宝为人很好，威望很高，也来说服我。这样，我就应允下来。"于是在清华一枝独秀的郑秀顺理成章成为《罪》的女主角。在排练《罪》的过程中，罗曼蒂克的曹禺渐渐爱上了这位姑娘，台上，拉里对汪达含情脉脉地吐露心声，台下，曹禺借着"排练戏剧"的理由，守候在清华南院古月堂的女生宿舍外，等着郑秀的出现。每次排练完之后，还陪她一起回去。

《罪》的公演大获成功，女主角郑秀大出风头，求爱者络绎不绝，她几乎每天都能收到情书。曹禺再也按捺不住自己的心，开始了对郑

1933年，曹禺完成了处女作话剧剧本《雷雨》，成功地表现了20世纪20年代中国一个资产阶级家庭中各类人物的性格及命运，以精湛的艺术结构和强烈的戏剧冲突震撼了广大观众的心，开创了中国现代话剧艺术的新局面，成为中国话剧舞台的保留剧目，曾有"当年海上惊雷雨"之赞。

秀的大胆追求。他生性就富于幻想，是个浪漫的青年，一旦跌入爱河，就魂牵梦绕，无法自拔。他爱得轰轰烈烈，就像是对待戏剧一样痴迷。郑秀虽然时尚，也知道眼前这位年轻人有多么真诚优秀，但她毕竟出身官宦之家，是大家闺秀，觉得自己刚升入大学不宜恋爱，与曹禺性格志趣不一定相合，于是拒绝了曹禺。然而曹禺越挫越勇，他将自己对郑秀的倾慕与痴心写在情书里送去，在追求郑秀期间，曹禺写下了三百多封情书，其中最长的一封有35页。他还整夜徘徊在宿舍楼下不肯离去，也曾夜夜躺在床上流泪，甚至因忧虑过度生了病。最终这份执着敲开了郑秀的心扉，两人进入了热恋期，沉浸在爱情的幸福之中。

即使拥有着才华与热情的曹禺，也不可能凭空想象出感人肺腑的剧作来，生活经验的积累带给曹禺的是创作的宝藏。1932年的暑假，清华有两位外籍女教师想去外省旅游，她们邀请曹禺同游，提出旅费由她们支付，但是曹禺出于中国人的尊严坚持自付。随行的还有一位男同学。就这样，一支去往五台山和内蒙古的小队出发了。这是曹禺有生以来的第一次外出远游，为他今后几乎所有重要的创作埋下了一粒种子。他们先到太原观光，破败的古城留给游客的只是凄凉之感，反而那些妓女给曹禺留下了深刻印象。她们被关在笼子里面黄肌瘦，被老鸨驱使着揽客，个个没精打采的样子，只要客人看中，就被拉出来招待客人，生活起居是不能保证的，不到几个月就会被折磨死去。久居象牙塔里的曹禺第一次看到如此真实的人间惨剧，血淋淋的景象让他目不忍睹。后来他谈道："就是这次太原之行，看到妓女的惨状，才激我去写《日出》，是情感上逼着你不得不写。"五台山自然风光好，寺庙里也香火不断，各式各样的建筑让人眼花缭乱，赞叹不已。回北平后，几人又启程前往内蒙古，目的地是百灵庙，虽然跋山涉水，旅途辛苦，但是塞外风光消除了曹禺的疲惫。天苍苍、野茫茫的草原景色唤醒了他对自然的、原始的、本真的崇敬与热爱之情，那变幻无穷的云朵似乎比无常的命运更有魅力，也启示了曹禺创作《原野》和《王昭君》的构架。

1933 年暑假，学生大多返家，清华园里的师生寥寥无几，而曹禺和郑秀都没有返家，两人整天在清华图书馆靠近借书台附近的一张长条桌的一端，相对而坐。一人创作，一人复习功课并帮忙誊写书稿。曹禺辛苦耕耘了五年的《雷雨》即将完稿，而郑秀也盼着它的诞生。清华的确是曹禺创作的乐园。他怀念清华的图书馆，自己思路混沌的时候，那里的管理员允许他进书库浏览，他才逐渐把人物性格揣摩丰满。他怀念清华的植物，在创作瓶颈期，来到自然中拥抱广袤的天地，又思如泉涌。《雷雨》终于在毕业之前完成了，此时曹禺才 23 岁。

五年的创作过程是艰辛的，但是他也充分享受到了创作的愉悦。

在《"水木清华"与雷雨》中，曹禺曾无比深情地回忆起母校的培育："大约有五年，这段写作的时光是在我的母亲——永远使我怀念的清华大学度过的。"清华之于曹禺，其重要性难以言说，难以衡量。无论是志同道合的朋友、谆谆教导的老师、浩瀚如烟的书籍、点燃热情的爱人，还是那间让曹禺创作出了《雷雨》的安静的图书馆，都是曹禺一生取之不竭、用之不尽的财富。

参考文献：

[1] 张玲霞 . 清华校园文学论稿 [M]. 清华大学出版社，2002.

[2] 黄延复 . 二三十年代清华校园文化 [M]. 广西师范大学出版社，2000.

[3] 曹禺 . 曹禺全集 [M]. 花山文艺出版社，1996.

[4] 清华大学校史研究室 . 清华大学史料选编 [M]. 清华大学出版社，1994.

[5] 蓝荫海，李响 . 蓝荫海：北京人艺幕后往事 [J]. 文史参考，2011(10).

[6] 铃木直子 . "五四"时期的学生戏剧——以天津南开新剧团、北京大学新剧团、清华学校为例 [J]. 戏剧艺术，2010(3).

我们是青年

——靳以与赵家璧的合影

靳 以

（1909－1959），原名章方叙，天津人。现代作家、编辑家。

1934 年 1 月 1 日，大型文学期刊《文学季刊》在北平诞生了。编辑们在北海三座门十四号的编辑部里养育着这个"孩子"。这里也是作者们的聚集地，每天客人不断。巴金、靳以常住，卞之琳、曹禺、李广田的身影每每遭逢，李健吾、沈从文等人也时时过来谈天说地，三座门俨然成了青年作家的小沙龙，年轻人互相交流、切磋，也互相督促，促使了更多文学作品诞生。1935 年，两位青年人——《文学季刊》的创办者之一靳以与在良友书店从事出版工作的赵家璧在此处留下了这张珍贵的合影（见第 147 页照片）。

1933 年 10 月受邀主编一份杂志时，靳以还是一名刚刚从复旦大学国际贸易系毕业的大学生。

靳以（左）与赵家璧（右）初次相识在 1935 年 5 月，两人经共同的朋友
郑振铎介绍认识。

他自觉不能胜任，便约请在燕京大学当教授的郑振铎协助。复旦大学求学期间（1927—1932）靳以就开始发表爱情题材的诗歌和小说，1933—1934年他发表了成名作短篇小说《圣型》，同年出版了同名短篇小说集。而后又陆续发表《群鸦》《青的花》《虫蚀》等作品，逐步奠定了他在文坛的地位。

靳以与赵家璧初次相识在1935年5月，两人经共同的朋友郑振铎介绍认识。当时的赵家璧同样刚刚离开校园，从光华大学英国文学系毕业，后来进入良友图书印刷公司担任编辑。他刚完成《中国新文学大系(1917-1927)》的编著，去北平旅游一个月，顺便拜访北方的作家，"对已有联系者登门道谢，对尚无约稿关系者可趁机组织些新著"。本来此次北平之行赵家璧要住在郑振铎家，但是郑振铎临时要返回上海，故改为靳以招待。在此之前，靳以、赵家璧通过书信来往过，但从没见面。靳以接站后，在北海三座门十四号的小院子里热情招待赵家璧，并把他安排在北屋住宿。赵家璧在京期间靳以又陪着他拜访了陈受颐、沈从文、朱自清等人。6月19日赵家璧才离开。来京之前赵家璧心里就有了一个想法：为什么良友书店不创办像这样的大型文学期刊呢？

他发现《文学季刊》有很多鲜明的特点。20世纪30年代是现代文学蓬勃发展、极度繁荣的年代，当时各种刊物如雨后春笋般涌现，《文学季刊》做到了独树一帜，跟一流的编辑队伍不能分割。它最初的主编是章靳以和郑振铎，后来又有巴金参与进来，编辑有冰心、吴晗、朱自清、林庚、沉樱、李长之，又开列了卞之琳等108名撰稿人的名单。另外，创刊之初刊物就提出要"对旧文学重新估价和整理，兼顾新文学创作，还要与世界文学紧密联系，也要跟紧国内文坛动态推荐批评新作"，打出继承五四文学反帝反封建传统的大旗。在编辑方针上能够做到宽容并包，各种题材的作品都有刊发，团结了一大批 20 世纪 30 年代的优秀作家。因为巴金和郑振铎是从上海回到北平的，这份刊物还打破藩篱，建立起京沪之间文学沟通的桥梁，深刻影响了 20 世纪 30 年代新文学的面貌。

然而《文学季刊》没有像两位年轻人设想的那样一帆风顺。因为经费不足、政治问题等多重原因，这份洋溢着青春和活力的刊物仅出版 8 期就"夭折"了。1936 年初，最后一期的版面上，主编含泪写下《告别的话》：

> 单就这两年的短促的存在来说，季刊也并不曾浪费消耗过它的生命。然而环境却不许它继续存在下去。我们在这里只用了简单的"环境"两个字，其实要把这详细解说出来，也可以耗费不少篇页。在市场上就只充满了一切足以使青年忘掉现实的书报。在这种情形下面，我们只得悲痛地和朋友们——投稿者、读者告别……

停刊消息传出，业内文艺工作者无不为之惋惜。

面对国民党政府严酷的禁令，靳以没有屈服，在离开这座小院之后，在上海与巴金合编《文季

靳以一生致力于编辑文学刊物，这些与巴金、沈从文、郑振铎等人共同编辑的大型文学刊物，发表过曹禺、老舍、丁玲、张天翼等许多作家的重要作品，对新文学运动的发展起了非常重要的作用。

月刊》，继续为曹禺、巴金、茅盾等著名作家提供纸和笔的战场。靳以能够在困境中创办这两份刊物，与赵家璧的不懈努力是分不开的。赵家璧在和靳以于北平居住的 20 多天里，深深感受到了他的热情诚恳，更是被他工作认真负责的态度所感动。在评价《文学季刊》时，赵家璧曾说："这样一种大型的专刊创作的文学期刊，在我国文学期刊改版史上，靳以是首创的编辑。"得知《文学季刊》停办，他就去面见巴金，希望能由自己工作的良友出版社接办。巴金表示支持，但是要询问一下靳以。同时，赵家璧也向良友公司经理余汉生请示，希望能接办《文学季刊》，余汉生不仅同意了这一建议，还准许一改"季刊"形式为月刊，得知这一消息，赵家璧、靳以、巴金都很高兴。当时在暨南大学担任教授的郑振铎得知这一消息，也大加赞赏。"这真是再好也没有了，又从季刊一跃而为月刊，肯定会受读者欢迎的。良友又做了一件好事。"赵家璧在回忆中这样写道："长期以来，我一直盼望能在良友出个大型文艺刊物，在巴金和靳以二人的大力支持下，终于在一九三六年六月份实现了。"喜悦之情溢于言表。

靳以来到上海良友书店工作，这本重获新生的《文季月刊》创刊号在 1936 年 6 月 1 日诞生，厚达 364 页。靳以满怀深情地写了《复刊词》：

> ……我们这季刊是复活了，而且正如我们所期望的，是以新生的姿态复活了……我们是青年，我们只愿意跟着这一代向上的青年叫出他们的渴望，在这一点上，我们的季刊曾尽过一点责任，我们的月刊也会沿着这路线进行的！

明确提出该刊将延续《文学季刊》的工作，继续着文学建设的努力。

靳以来到良友和赵家璧一起工作后，两人在同一间办公室办公，经常讨论各种问题。其实两人的经历还是很相似的，都是在大学期间爱上文学，毕业后从事编辑工作，所以他们有很多共同语言，还一直互相支持，互相学习，互相督促。不过靳以除了编辑工作外，仍然热衷于文学创作，已经出版了很多作品，而赵家璧在学校选读英美文学，偶尔做做翻译，觉得自己不是当作家的料。靳以不断鼓励他"多创作，多研究，多翻译"。在挚友的督促下，赵家璧重拾自己的旧作，后来回忆这段时光，他分外感谢和珍重靳以这份诚挚的期望和鞭策。

靳以的《文季月刊》刊登了良友公司的广告，帮助赵家璧宣传了他们出版的文艺书，而赵家璧的良友公司又接管了刊物，使靳以的心血得以延续下去。1936年秋，赵家璧还亲自设计了一次推销战役：为了替《文季月刊》推广销路，多拉全年订户，在广告中他说"订一年《文季月刊》送赠《文库》一种"，这相当于现在"交一年话费赠送10G流量"。两位好朋友的合作越来越融洽，相辅相成，又相得益彰。

《文学季刊》时期，发表的作品以北方进步作家为主，而《文季月刊》中上海的左翼作家作品更多了。靳以在编辑工作中，对年轻的无名作家热情扶持，尽力给他们发表的机会，从北平到上海，他们共同经营的刊物始终激励着如曹禺这样的年轻作家，在严酷的禁令和审查制度下始终不放弃对文学的追求。当年他们留下合影的那个小院曾经门庭若市，见证着青年文友的一次次聚会，转战上海之后，凝聚着他们的努力的又一份刊物依然是文人们施展才华的创作阵地。

当年的两位年轻人在那个小院中碰撞出的思想火花，落在《文季月刊》这一事业上，就像星星之火，为他们未来成为伟大的作家和出版家的道路点燃了一颗希望的火种，在未来渐渐发展成燎原之势，令他们在各自的领域里获得辉煌灿烂的成就。

参考文献：

[1] 严家炎 . 中国现代小说流派史 [M]. 长江文艺出版社，2008.

[2] 鲁迅 . 鲁迅全集 [M]. 人民文学出版社，2005.

[3] 靳以 . 靳以文集 [M]. 人民文学出版社，1986.

[4] 黄艺红 . 走向开放包容的左翼文学阵营——《文学季刊》及其相关刊物考论 [J]. 中国现代文学研究丛刊，2018(3):180—195.

[5] 黄艺红 . 茅盾和郑振铎对左翼文学"左"倾思想之修正——以《文学》《文学季刊》的创办为例 [J]. 汉语言文学研究，2017，8(4):59—65.

[6] 靳以 . 靳以书信选 [J]. 新文学史料，2000(2):30—44.

"饿夫" 师陀

——1937 年的孤岛斗士

这张照片是中国一位现当代著名作家 1937 年留下的生活剪影（见第 154 页照片）。照片中的他穿着朴素破旧的睡衣，站在上海北四川路一家小旅馆的西窗下，清癯的脸庞、忧郁的眼神，紧闭的双唇显出意志的坚定。正是时局紧张时，上海沦陷了，成为日寇包围的"孤岛"，他"心怀亡国之悲愤牢愁，长期蛰居上海"，和王统照、李健吾等人一起，通过创办刊物、发表文章宣传反帝抗日，成为名副其实的"孤岛斗士"。他就是师陀。

师陀原名王长简，青少年时代先后在农村私塾、杞县第一小学、开封省立第一商业学校、开封省立第一高中读书。开封求学期间他思想进步、爱好文艺，阅读了不少文学作品，曾与志同道合的同学创

师 陀

（1910—1988），原名王长简，重要笔名芦焚。河南杞县人。现当代作家。

师陀住在一间只容
得下一张床和一张桌子
的六尺见方的狭小房间
之内，常常忍饥挨饿，
生活十分艰难。

办小型刊物《金杯》。1931 年秋他来到北平，目睹当时教育制度的腐败，愤慨之下放弃了报考大学的机会。"九一八"事变以后他凭借早年积累的文学素养和满腔热血，以文字工作者的身份积极投身革命战斗。

师陀虽然外表低调朴实，内在却是十足的热血男儿。1932 年，他在"左联"的《北斗》等刊物上发表了小说《请愿正篇》，反映了当时青年学生的抗日活动，这是他以写作的方式加入战斗的开始，这篇文章带来的认可也深深鼓励了正处在迷茫之中的他。同年，他又和汪金丁、徐盈合办了刊物《尖锐》，致力于通过文学创作揭露国民党统治者的罪行，向最广大的底层劳动人民"致以同情和敬意"，发出被压迫者的嘶叫，号召被压迫者"起来，到尖锐的旗帜下"。其后，他又在《现代》《文学》《文学季刊》《申报·自由谈》《大公报》上发表了一批具有进步意义和独特艺术风格的小说和散文，如小说《谷》《里门拾记》《落日光》，散文《黄花苔》等，这些作品无不反映了 20 世纪 30 年代中国劳动人民的苦难生活，既要面对旧社会残余制度的剥削和压榨，还要面对动荡不断的社会局势所带来的种种风波，正常的生存与生活几乎成为难以企望的奢求。

从北平来到上海之后，他的短篇小说《谷》获得了《大公报》第一届文艺奖金，这个奖项的获得奠定了他在文坛的地位，也意味着他终于通过自己的奋斗，在几年之间成长为当时中国文艺界的"第一流的作家"。

那个时候他的笔名并不叫"师陀"，而是叫"芦焚"。蒋介石背叛革命之后，吴稚晖曾诋毁共产党人为"暴徒"，师陀便有意反其道而行之取名"ruffian"（暴徒），音译过来便是"芦焚"，他的反抗秉性以及热血情怀可见一斑。可是后来他发现汉奸报纸上竟然出现许多假的"芦焚"冒名顶替、混淆视听，才在 1946 年发表声明改名为"师陀"。

师陀有一项原则：决不向国民党的官办报刊投稿。受困上海期间，伪币通货膨胀、物价飞涨，微薄的稿费收入使他时常捉襟见肘。他住在一间只容得下一张床和一张桌子的六尺见方的狭小房间之内，常常忍饥挨饿，生活十分艰难。但这样的生活并没有磨损他的斗志，反而激发了他的创作热情。他曾自嘲狭小的居室为"饿夫墓"，觉得如果再这样倒霉下去，只有住进棺材里去了。生活的贫穷窘迫困扰了他许多年，1947年他还因为拿不起租房的"顶费"被迫从上海搬到了嘉兴乡下。

虽然饱受贫穷困扰，师陀仍然坚定地支持党的革命道路。早在1936年，师陀就分别在鲁迅、巴金、曹禺等人联合签署的《中国艺术工作者宣言》和郭沫若、茅盾、叶圣陶等人联合签署的《中国文艺家协会宣言》上签名，表示对中共抗日民族统一战线政策的热诚拥护和加强文艺界团结的强烈愿望。同样地，自始至终坚持反对帝国主义、反对内部分裂的立场让师陀陷入了敌对势力的追捕范围之内。为了躲避日军和国民党的搜捕，师陀几乎终日在陋室之中深居简出。除了写作之外，他也以自己的方式支持着抗日军民的抗日活动。他节衣缩食买来进步书刊，为了避开严格的搜查，只能将这些书刊拆成单页，卷进汉奸报纸里再寄到抗日根据地。这一时期他创作的文学作

师陀的前期小说给人印象最深的是乡村和小城的丑恶与衰败，他用诗意般怀念的悲音给读者讲述了一个黑暗、绝望、该诅咒的旧社会，有浓重的乡土抒情体小说的风格。其代表作是中篇小说《无望村的馆主》（1941）和短篇小说集《果园城记》（1946）。

品一改往常主要描绘乡村生活的风格，转而讴歌广大抗日军民的献身精神和大无畏的英雄气概，期望着能够通过这些鼓舞人心的文学作品激起更多人的抗日热情。话剧《大马戏团》更是一时轰动了上海剧坛，在新中国成立后被誉为全国"十大传统剧目"之一。

隐居上海期间，为了躲避日军和国民党反动派的追捕，师陀几番与敌人斗智斗勇，甚至自导自演了一场"戏"。1943 年 3 月，他写了一篇通讯《华寨村的来信》(华寨村是师陀家乡村庄的名字)，上面抄录一段上海小报消息："名作家芦焚日前返里，临行有以报章间读其文字为言者，芦初微感其额，继徐言曰：……今后当常住乡间，养鸡种豆，弃绝笔墨，直至战争结束……今且行矣。江南秋老，夫复何言！"字里行间透露出来的意思似乎是要离开上海告老还乡，小道消息扑朔迷离，又无法判断真假，一时间舆论哗然。但是整个抗日战争时期，师陀都躲在上海他自称的"饿夫墓"内，他又在什么时候返回过故乡呢？后来有人在考证这篇文章的时候去问过这件事，他才笑着说："抗战时期我没有回过老家，那是为了骗人。《华寨村的来信》是为了造成一种假象，好像我已经离开了上海，以躲避敌人的搜捕。"原来，这篇以假乱真的小报消息和作品，完全是师陀自己一手炮制，以便在生存空间逼仄的上海保护自己，迷惑敌人。

这样的生活一直持续到抗日战争取得全面胜利之后，国民党发动内战，一直保持清醒的师陀及时通过笔端的文字提醒人们勇敢地起来为争取自身和民族真正的和平与解放而斗争。正如他所说的："假使将来必须跟过去一样受苦，仍然没有自由，中国的战胜和战败又有什么关系呢？人们将来的希望又是什么呢？"解放战争期间，他先后担任上海戏剧学院教员、上海文化电影公司特约作者，出版了多部小说集，与柯灵合作创作了话剧《夜店》，将自己曾经扎根的乡土生活与上海的大都会生活置于同一维度之中，其间有矛盾与挣扎，有对都市生活的冷静观察和批判，也有对封建乡村生活落后面貌的揭露，同样有着师陀自身浓浓的乡土情结。多年的漂泊让他无法回归自己心灵的原乡，也无法彻底融入灯红酒绿的都市生活，或许也是这样的无所依托，反而让他有了更为清醒冷静的头脑和更犀利的目光。

师陀曾说，如果将文坛比作花坛，那么自己便像是坛下的野生植物，是既不美观，也无大用的黄花苔（即蒲公英）。这自然是师陀的自谦之词，他也一直是这样默默地在文坛耕耘，默默地以自己的力量支持着革命运动。蒲公英虽是野草，自有清高柔韧、坚强低调的品性和旺盛的生命力，就像师陀，平淡中自有一股坚韧。蒲公英虽然漂泊，却总是怀着播种的希望一路随风，无论是芦焚还是师陀，从未停止过写作的他，靠着自己的一支妙笔在中国文坛上留下了不可磨灭的一页。

参考文献：

[1] 李永东 . 租界文化语境下的中国近现代文学 [M]. 人民出版社，2013.

[2] [美] 傅葆石 . 灰色上海，1937—1945[M]. 生活·读书·新知三联书店，2012.

[3] 刘增杰编校 . 师陀全集 [M]. 河南大学出版社，2004.

[4] 上海社会科学院文学研究所 . 上海"孤岛"文学回忆录 [M]. 中国社会科学出版社，1984.

[5] 王瑶 . 中国新文学史稿 [M]. 上海文艺出版社，1982.

[6] 刘增杰 . 返乡十日——师陀访谈录 [J]. 新文学史料，2005(2).

那一年，日更 5000+ 的郑振铎

1931年秋，郑振铎全家三人和岳父高梦旦一同游览北平西山，并在公园内合影留念，照片中间穿西装的人就是郑振铎（见第160页照片）。他看起来心情相当不错，神采奕奕，十分从容。在离开上海来到北平任教后，此时的郑振铎终于暂时摆脱了繁忙的编辑工作，得以流连在燕园和清华的荷塘之间，从教的同时也有了充裕的时间和足够的精力专注从事学术研究，这对郑振铎而言是一段求之不得的美好时光。

—

郑振铎与北平的渊源始于他中学毕业后考入铁路管理学校，来到北平求学。那时，还是一个

郑振铎

（1898—1958），字西谛，笔名郭源新、落雪、西谛等，出生于浙江温州。现代杰出作家、学者、翻译家、艺术史家、训诂家。

1931年秋，郑振铎（左三）与家人一同游览北平西山时的合影。

年轻学生的郑振铎对新思潮和文学产生了浓厚兴趣，也曾与瞿秋白、耿济之等人共同创办《新社会》旬刊，郑振铎先后担任编辑部副部长和部长。在《新社会》发刊词中，他提出要创造一个"没有一切阶级一切战争的和平幸福的社会"。后来，郑振铎从铁路管理学校毕业，被分配到上海火车站，又经沈雁冰介绍进入商务印书馆编译所工作，后接替沈雁冰成为《小说月报》的主编。与此同时，郑振铎也先后在上海大学、复旦大学等校执教，讲授文学课程。

在上海商务印书馆工作时郑振铎就着手撰写《中国文学史》，1929 年开始在《小说月报》上连载，至年底共发表五章。这五章于 1930 年 5 月单行出版，也就是后来的"中世纪第三篇上册"的内容。在这本书的后记中，郑振铎曾写道："全书告竣，不知何日，姑以已成的几章，刊为此册。我颇希望此书每年能出版二册以上，则全书或可于五六年后完成。"在《中国文学史草目》中，郑振铎拟将自己的《中国文学史》分为古代、中世、近代三大卷。古代卷分为三篇，每篇一册，中世卷分为四篇，每篇二册，近代卷分为三篇，第一篇三册，后两篇各二册。全书总共预计分为十八册，三百多万字。由这个写作计划中不难看出，他写作《中国文学史》的计划十分宏大，颇费精力。如此庞大的工程量对于郑振铎来说是一个挑战，也是他满怀热情期待着能够完成的事业。

当时《小说月报》的组稿、出版工作基本上都由郑振铎一个人完成，编辑的事务实在芜杂繁多，郑振铎很想有充足的业余时间潜心研究，却因当时的职务而不得不辗转于各种事务之间，分身乏术。正巧这时商务印书馆的职工和总经理王云五因薪酬改革问题发生了矛盾，郑振铎作为职工代表，必须参加各种抗议活动，人际关系的剑拔弩张更是使他身心俱疲。

二

正当郑振铎因编辑工作的繁杂和人际关系的紧张而深陷痛苦之时，在燕京大学中文系任主任的老友郭绍虞向郑振铎发出了来京任教的邀请。于是郑振铎向商务印书馆辞去工作，于 1931 年 9 月 7 日携夫人、女儿来到北京，任燕京大学和清华大学的合聘教授，主要讲授中国小说史、戏曲史和比较文学史。

之所以离开工作了十年的商务印书馆来到北京，跟郑振铎希望摆脱忙碌的出版社工作，以便腾出充足的时间继续编撰《中国文学史》的心愿是分不开的。就这样，在北平的燕园和清华园，人们常常能看到一位身材高大、着一身旧西装，往返在两校之间的中年男子，他就是学生景仰的"西谛先生"（"西谛"是郑振铎的笔名）。季羡林在《悼组缃》一文中曾回忆他们去燕大"偷课"的情形：

> 结果被冰心先生板着面孔赶了出来，和郑振铎先生我们却交上了朋友……郑先生这种没有一点教授架子，决不歧视小辈的高风亮节，我曾在纪念他的文章中谈到。我们曾联袂到今天北京大学小东门里他的住处访问过他，对他那插架的宝书曾狠狠地羡慕过一阵。先生之风，山高水长。

未名湖的湖光塔影、西山的秋叶冬雪，都使郑振铎疲惫的心安定了下来，他安住在未名湖畔的天河厂 1 号，开始准备文学史的写作。不料就在他刚准备好材料的时候，淞沪战事爆发了，商务印书馆遭到空袭，他之前创作的《中国文学史》的纸型全部毁于炮火。郑振铎悲愤难平，几乎要放弃写作计划。不过冷静下来后，他决定调整写作计划，写一本有插图的文学史。中国文学历史繁复厚重，如果能够为其配上生动丰富的插图，不仅能够大大增强全书的可读性，还能为更多的读者了解中国文学历史带来极大的便利。

郑振铎闭门写作，谢绝了一切应酬，连平日最爱逛的旧书店都不见了他的身影。他的写作速度很快，只要材料准备好了，一天写五千字不成问题。仅仅用了一年多的时间，在繁重的教学任务和丰富的社会活动之余，他就完成了 80 万字的《插图本中国文学史》。在这部鸿篇巨制中，郑振铎将历来不受重视的弹词、宝卷、小说、戏曲等"俗文学"也纳入文学史中，堪称前无古人之举。除此之外，他还为著作精选了一百多幅精美的木刻版画作插图。

在书的《例言》中，郑振铎写下了这样一段话："本书作者久有要编述一部比较能够显示中国文学的真实面目的历史之心，惜人事倥偬，仅出一册而中止（即商务印书馆出版的《中国文学史》中世卷第三篇第一册）。且即此一册，其版今亦被毁于日兵的炮火之下，不复再得与读者相见。因此发愤，先成此简编……"由郑振铎的自我剖白不难看出，他之所以发奋赶作此书，也正是用实际行动对企图损毁我国文化历史的侵略者进行一种最为坚决的反抗。郑振铎的爱国之心与学术精神于此一书中体现得淋漓尽致。甫一问世，书就在社会上引起了强烈反响，赵景深、鲁迅等人都肯定这部著作的成就，并热情向他人推荐。

三

在燕京大学和清华大学任教时，郑振铎的学术研究重点集中在文学史领域，他自述撰写《插图本中国文学史》的目标在于"表现出中国文学整个真实的面目与进展的历史"，在郑振铎的观念中，此前的中国文学史作品大都对民间文学作品不甚关注，甚至将其忽略不计，郑振铎恰恰认为这些民间文学的价值远在同时期的其他文学之上。郑振铎的文学史观源于五四时期对中国文学传统进行重新观照和评价的思潮，从这个角度来看，《插图本中国文学史》是五四新文化运动的一种延续。但是，面面俱到也往往面临着一定的风险，那就是对于一些作者并未深入研究的对象往往处理得较为粗糙。在自己的专业领域，如传奇小说等民间文学形式方面，郑振铎的论述有不俗表现，但对于传统范畴中的正统文学他的研究就显得不那么深入，这本著作也因此受到了一些诟病。吴世昌曾批评郑振铎说："谈论诗文，本非他所长。他的过失，即在他不应当大胆尝试'中国文学史'一类的大著作。"

除了在学术观点上受到批评和质疑之外，郑振铎在燕京大学的教学也遭遇了不少波折。由于当时燕京大学的国文系并未开设"中国文学史"一类的课程，因此，从事文学史著述和研究的郑振铎一直根据学校的要求讲授课程列表之内的"元明杂剧""明清小说"等专题课程。郑振铎十分看重文学材料本身的价值，在授课时甚至还将自己收藏的各种版本《西厢记》在课堂上公开展

1931 年，郑振铎在燕京大学、清华大学任教，参与主编了大型文学刊物《文学》月刊和《文学季刊》，培植了一批文学新人。

示，一时引起了极大轰动。但这种学术偏向有时也不免表现为沉浸于材料的铺陈罗列，引发了一些学生的不满。当时的《燕大暑期特刊》上刊登了一位学生对郑振铎的批评："我们需要的不是一架万能的留声机，不是一个喧噪的放大器，而是一把开门的钥匙，一盏引路的明灯，所以我们需要一种有系统实学的研究，一种有见解治学的指导，而不是听听说书，看看热闹而已。"这些尖锐的批评声音甚至在当时的燕大国文系引发了一场"驱郑"风潮，加之郑振铎当时与学院体制之间的矛盾引发了许多人事安排纠纷，最终，学院委员会做出了让郑振铎离校的决定。令人嗟叹唏嘘的是，这个由四位领导组成的委员会中，恰好也有当初邀请郑振铎来到燕大的郭绍虞。

世俗的偏见和排挤一直未曾停止对郑振铎的纠缠，他与燕大之间的矛盾，归根结底在于郑振铎学术观点中鲜明的五四特征，这与当时燕京大学学院化的趋势有些背道而驰。1935年他无奈地离开了北平，回到上海任暨南大学文学院院长。北平曾有的悠闲时光都铭刻在了那些黑白照片上，其中就有那个1931年的秋日，他和家人在西山欢快畅游，阳光正暖，笑容正酣，然而世事翻覆难以预料，当时轻松从容又踌躇满志的郑振铎，还丝毫不能预料四年后自己竟会离开这里。

仅仅用了一年多的时间，在繁重的教学任务和丰富的社会活动之余，郑振铎就完成了80万字的《插图本中国文学史》。

参考文献:

[1] 陈福康. 郑振铎传 [M]. 上海外语教育出版社，2009.

[2] 郑尔康. 父亲郑振铎与《插图本中国文学史》[J]. 博览群书，2009(11):108—110.

[3] 吴世昌. 评郑振铎著《插图本中国文学史》第一，三，四各册 [J]. 图书评论，1934，2(7).

[4] 段海蓉. 从《插图本中国文学史》看郑振铎的中国文学史研究 [J]. 新疆大学学报 (哲学·人文社会科学汉文版)，2005，33(6):121—123.

[5] 吴世昌.《评郑振铎著〈插图本中国文学史〉第二册》,《吴世昌全集》第二册 [M]. 河北教育出版社，2003.

[6] 王锡昌.《关于国文学系的改革》[J].《燕大暑期特刊》，1933(2).

夜空中明亮的星

——冯乃超和成仿吾、陶晶孙等在日本

少年强则国强，一个国家青年的精神面貌在很大程度上代表了这个国家未来发展的力量。这张摄于 1927 年的历史照片记录了当时青年人的某种精神状态，他们看起来意气风发，带着某种走在时代潮流前端的自信以及意识到自己得肩负救国责任的忧郁深沉眼神（见第 168 页照片）。当时中国文坛上素有"黑旋风李逵"之称的成仿吾来到日本邀请冯乃超、陶晶孙等四位留学生回国，共赴革命事业。同行的还有一样在日本留学的王道源、李白华，大家在东京合影留念。青年们坚毅、清澈的眼神仿佛夜空中明亮的星斗，穿过泛黄的老照片，定格在历史的时空中。

1927 年对中国来说是如同黑夜般的一年，国

冯乃超

（1901 — 1983），原籍广东南海，生于日本横滨。现代作家、诗人。

1927 年初冯乃超与王道源、陶晶孙、李白华、成仿吾（由左至右）摄于日本。

内政治局势在这一年发生了巨大震荡。国民革命运动轰轰烈烈展开、国内革命势头一片大好之际，4月12日，蒋介石发动了反革命政变，随即开始大肆屠杀共产党员和进步人士。白色恐怖笼罩着当时的中国大地，无数曾经为国家和民族奔走的爱国进步人士还没来得及走上捍卫祖国的革命道路，就先牺牲在国民党的屠刀之下。

民主和自由的黑夜降临了。这时的成仿吾已经凭借犀利泼辣的评论风格与郭沫若、郁达夫并称为创造社三巨头。他曾先后发表《革命文学和它的永远性》《完成我们的文学革命》等多篇文学论文，对推动新文化运动发展产生了深远影响。上海工人武装起义失败后，成仿吾在愤懑之下主持起草了《中国文学家对于英国知识阶级及一般民众宣言》，揭露帝国主义勾结军阀镇压中国工人革命的罪行，派何畏持信稿联络鲁迅签名，并译成英、法、日文在国外发表。"四一二"事变发生后，成仿吾悲愤至极，撰写了《文学家与个人主义》等革命论文，提出文学要为革命服务的主张。

成仿吾一直推崇创造社主张的"为艺术而艺术"的浪漫主义风格，他所创作的文学评论大都风格犀利、大胆直率，一如他的为人。文学界因此把成仿吾的文学批评与创作戏称为"三板斧"，说他是"黑松林里跳出来的李逵"。树大招风，在当时的局势下，即使是李逵也不能有勇无谋，成仿吾只得出国暂避风头，于是在日本东京和冯乃超等一众青年人相遇了。

一方是成仿吾，是创造社的顶旗之人，在文字的腥风血雨中声名鹊起；而另一方则是冯乃超等同辈青年中的后起之秀。其时，冯乃超已经在创造社的期刊上发表了独具风格的代表作，更毋论陶晶孙这位1921年社团创立时期的元老了。这些留日的中国青年，曾经深入接触过国内挣扎在生死线上的劳苦群众，也曾耳闻目睹过一次又一次革命

运动中那些爱国者的慷慨壮举。与此同时，在日本的生活也并不如理想中那样一帆风顺，即使校园里也仍然存在十分严重的种族歧视，在一次又一次的冷眼中，他们把不平和愤懑压到心底，坚韧倔强地带着一股不服输的劲头成长着，在参加日本革命学生组织的马克思主义读书会和艺术研究会等先进团体的经历中，也逐渐开始接触到日本无产阶级文艺运动以及苏联和日本的新文艺理论。

或许这些人在日本相遇深谈时的心情，就连他们自己也很难用语言准确描述。异国他乡，同辈知己，秋雨夜凉，同述己志。少年时就曾留学日本的成仿吾深深理解冯乃超等人在日学习生活的艰苦之处，了解他们所需要面对和克服的重重困难，也正因如此，成仿吾更加欣赏他们在逆境中表现出来的坚定与成熟。冯乃超的才华自是不必多说，陶晶孙作为社团创立者的经验和资质更是令人敬佩，他期待着这些旅日留学的好友们能回到祖国，完成自己没能完成的事业，为当时在残酷镇压下已经死气沉沉的中国文坛增添一丝新的活力。

冯乃超深受日本象征诗人的影响，他的诗集《红纱灯》(1928)没有生硬的欧化句式，而有音乐般的旋律和丰富的色彩，具有圆润典雅的风格。

成仿吾在东京修善寺写下了《从文学革命到革命文学》，也正是这篇文章，标志着他的文学思想自此走向了无产阶级文学。在文章中成仿吾率先响亮地提出："要使我们的媒质接近农工大众的用语，我们要以农工大众为我们的对象"，"以真挚的热诚描写在战场所闻见的，农工大众的激烈的悲愤，英勇的行为与胜利的欢喜！这样，你可以保证最后的胜利，你将不愧为一个战士。"成仿吾这种将文学视为社会的上层建筑，并期望用来自工农大众的文学来产生更加深远的社会影响力，去服务于工农大众的革命活动，在当时不仅震撼了中国文坛，也同样让冯乃超、陶晶孙等人深感认同。于是在"黑旋风"主动、积极的鼓励之下，冯乃超一行人决意回国。

那次会面之后，中国革命史、文学史前进的脚步都足以证明成仿吾的这次劝说究竟有着怎样重要的意义，这几位在当时看来还稍显稚气的青年人在回国之后，怀着满腔的热血和报国热情，投入了文学革命的洪流之中，在陷入黑暗与困境的中国文坛，点亮了一颗又一颗充满希望的火种。

冯乃超毅然中止在日本的学业，回国后便投身左翼文学思潮，次年加入了中国共产党，还作为编辑主编《文化批判》和《创造月刊》，成了创造社后期重要的中坚力量。冯乃超 1930 年与鲁迅等人一同参加筹建中国左翼作家联盟，还是"左联"《理论纲领》的起草人。此后，冯乃超便一直在抗战御敌的左翼文学道路上努力向前，不论是在抗日战争还是在解放战争期间，他都坚定不移地站在无产阶级阵营中，以新文学和文艺理论作为武器，为国家和民族的解放与进步做出了重要的贡献。

陶晶孙回到上海后落脚在创造社朋友聚集的虹口地带，一面进行医学研究，一面从事文学活动。1929 年他参加了艺术剧社，之后接编了《大众文艺》，作为中国左翼作家联盟的发起人之一，他以《大众文艺》作为自己的战斗阵地，不仅积极配合了"左联"的筹备工作，还在这里发表了《运货便车》《公共长凳》等翻译文学作品和自己的论文研究成果，用实际行动积极有效地贯彻了"左联"所提倡的文艺方针。

王道源和李白华在日本时就一起组织了"东京美术研究会""中国青年艺术联盟"等团体，为当时留日的中国学生提供了一个精神上的港湾，成为一方自由交流、共同进步的小天地。"中国青年艺术联盟"又被称为"左翼艺术家联盟"，回国后，他们也开始在陶晶孙所主编的《大众文艺》中发表文学译作，推动了新文学运动的进一步深入发展。

李大钊先生曾说："青年之字典，无'困难'之字；青年之口头，无'障碍'之语；惟知跃进，惟知雄飞，惟知本身自由之精神，奇僻之思想，锐敏之直觉，活泼之生命，以创造环境，征服历史。"冯乃超、陶晶孙等人不仅是当时中国青年的杰出代表，更是中国文学革命发展历史中勇敢的战士，也正是他们的不断求索与不懈奋斗，真正做到了"创造环境，征服历史"。

"黑旋风"的日本之行不仅让他结交了四位志同道合的朋友，也为中国的左翼文学革命带来了四位坚实可靠的同伴，四位坚韧勇敢的战士。心怀故国的人，便只有燃烧自己的生命与热忱，让自己化为明亮的星辰，为祖国照亮前行的路，创造那最终能够冲破黑夜的光明。

参考文献：

[1] 史若平 . 成仿吾研究资料 [M]. 知识产权出版社，2011.

[2] 宋荐戈等 . 成仿吾教育实践与教育思想 [M]. 湖南教育出版社，1997.

[3] 史巍，韩秋红 . 理性的轨迹与思想的镜像 [M]. 人民出版社，2013.

[4] 任一鸣 . 李初黎、冯乃超、成仿吾与革命文学倡导 [J]. 鲁迅研究月刊，2012(8):61—69.

[5] 小谷一郎，王建华 . 关于王道源以及"青年艺术家联盟"的事 [J]. 上海鲁迅研究，2013(1):146—174.

夏衍：
如何开启中国电影界新路线

夏　衍

（1900—1995），
本名沈乃熙，字端
先。祖籍河南开封，
生于浙江杭州。剧
作家、评论家、翻
译家。中国新文化
运动的先驱者，左
翼电影运动的开拓
者和领导者。

　　这张合影中的一家三口是著名戏剧家夏衍和
他妻子蔡淑馨、女儿沈宁（见第 174 页照片）。照
片中蔡淑馨着素色旗袍，温柔端庄，眉清目秀，
大方地凝视镜头，透出男子般的英姿和睿气；女
儿梳着小寸头，虎头虎脑活泼可爱；而一旁的夏
衍面庞瘦削，黑白分明的温和眼神中显得有些
心事重重。照片摄于 1932 年，是一家人少有的
合影。

　　浙江杭州人夏衍原名沈乃熙，字端先。早年
参加五四运动，编辑进步刊物《浙江新潮》。他从
浙江省立甲种工业学校毕业后公费留学日本，入
明治专门学校学电工技术。他的妻子蔡淑馨出身
名门，父亲蔡润甫是杭州纬成丝织公司驻上海总

照片摄于 1932 年，是夏衍一家人少有的合影。

经理。蔡淑馨原本在省蚕桑女子学校就读，后转入省女子师范学校，经夏衍母亲徐绣笙撮合，他们于 1924 年相识。因为夏衍在日本读书的关系，蔡淑馨也来到日本，就读于日本国立女子师范大学。

在专业课学习的同时，夏衍利用暑假经朝鲜来到中国东北、华北旅行，其间见闻到祖国的土地沦陷，人民生活于水火之中，不禁对"实业救国"产生了怀疑。他利用课余时间泡在图书馆，大量阅读社会科学著作和外国文学作品，也参加研究会小组，接触到了共产主义理念。1927 年夏衍回国，同年 5 月底加入中国共产党，在上海负责翻译工作，这不仅有助于他后来的创作，对我国新文学的建设和发展也起到了推动作用。他翻译的高尔基的《母亲》广受好评，鼓舞了一代中国青年人。

那时上海文艺界发生了一场关于革命文学的论争，剧烈的阶级斗争和新的革命形势对文艺提出了新的要求，国外革命文学的发展也给了中国许多革命作家以鼓舞。于是一些文艺工作者提出建设无产阶级革命文学的倡议。1929 年夏衍同鲁迅筹建中国左翼作家联盟，1930 年 3 月 2 日这个中国共产党直接领导的第一个革命文学社团正式成立，夏衍任执行委员。这年夏天夏衍也和相爱已久的恋人蔡淑馨完婚，组成了一个和睦的小家庭。然而婚后因为左翼文化运动的领导工作较忙，他并不能腾出时间顾及小家庭。也正在这一时期，夏衍在以瞿秋白为首的中央文委领导下，开始率领左翼文艺工作者展开占领电影阵地的斗争。

彼时电影还是一种年轻的艺术形式，随着外国文化传入中国，大量外国电影被搬上了中国的银幕，成为经济掠夺和文化宣传的武器，当然也有一些民族电影，但大多是资本家牟利的工具，大力传播封建意识。当时由于日本的侵略，民族危机日益加深，全民抗日热情高

1932 年，夏衍应聘为明星影片公司编剧顾问，开始写作电影剧本。他的第一部电影剧本《狂流》（1932），以1931 年南方十六省大水灾为背景，尖锐地揭示了中国农村中激烈的阶级矛盾和阶级斗争，被称作"中国电影新路线的开始"，成为左翼电影运动奠基之作。图为《狂流》剧照。

涨，极大地改变了人们的审美眼光，大众不再满足于看那些鸳鸯蝴蝶式的电影，他们更希望看到一些反映社会现实、体现人民意志的电影。一些具有社会责任感的电影公司开始改变创作方向，寻求与进步文艺工作者合作，这为"左联"进入电影界提供了绝好机会。左翼编剧顾问们也希望能利用这一契机传播进步思想。1933 年电影文化协会在上海成立，同年 3 月成立了党的电影小组，夏衍任组长，领导左翼电影运动。

夏衍进入电影公司后，一边学习电影理论，一边创作一些简单的剧本。夏衍任编剧的第一部影片是《狂流》。程步高导演想以 1931 年长江流域的特大水灾为背景拍一部故事片，当时明星公司曾与武汉赈灾机构谈妥摄制水灾新闻纪录片，以作募捐宣传。导演对此很感兴趣，请来夏衍、郑伯奇等人商讨。他们采用了集体创作的方式。在此之前，程步高已经奔赴受灾现场，在武汉拍摄出一万余尺的水灾纪录片。于是先由程讲述自己构思的故事梗概，听程步高讲述完故事情节后，夏衍决定尽可能保留他的情节和结构。经过充分讨论商议，夏衍写出了有分场、表演说明和字幕的文学剧本。然后再和导演进一步交换意见

进行修改。这种方式集中了众人的智慧，取长补短、行之有效。夏衍
创作电影剧本的方法，也开创了中国分镜头剧本的先河。程导在拍摄
中力求真实，外景尽量采用原来拍摄的水灾纪录片中的珍贵镜头，产
生了较好的艺术效果。

历时半年，明星电影公司的第一部左翼电影《狂流》诞生了，这
也是夏衍的编剧处女作。影片通过傅家庄的农民与地主在抗灾修堤
中的矛盾和斗争，较真实地反映了当时中国农村的阶级矛盾和阶级斗
争，艺术地再现了地主阶级对农民的残酷压迫，以及广大农民奋起
反抗的情景，尖锐地指出水灾中的阶级矛盾，体现出鲜明的社会意
义和时代意识，1933 年公映后被誉为"中国电影界新路线的开始"。
虽然还有一些缺憾，但它具有重大的里程碑意义，是中国共产党领
导电影运动来反帝反封建的一次成功的尝试，也是左翼电影文学创
作的开始。

《狂流》之后，夏衍又与程步高合作，进行茅盾作品《春蚕》的
改编。《春蚕》是茅盾"农村三部曲"的第一部，是一部反映蚕丝业
萧条引起农村破产的优秀作品。夏衍追求一种非戏剧化的记录风格，
有意摒弃强烈的戏剧冲突，尽可能忠实于原著的风格，细腻地展现了
平静生活下蕴藏着的时代波澜。由于夏衍童年时期帮助家里养过蚕，
对江浙一带蚕农的生活非常熟悉，在影片拍摄中也成为"技术顾问"。
剧组对这部电影非常重视，投入了大量精力，最后也取得了很好的效
果，上映后受到观众的好评，连茅盾自己对改编也比较满意，《春蚕》
成为五四新文学作品在大银幕上的第一次亮相。总体来说，《狂流》和
《春蚕》是中国电影史上最早反映农村生活的两部革命现实主义作品，
第一次在银幕上创造了性格鲜明、形象生动的中国农民形象，展现了
特定历史时期中国农民的生存状况和悲惨命运，为革命电影提供了良

好的范例。这之后，夏衍将创作转向都市社会，采用不同化名创作出《上海的二十四小时》《脂粉市场》《前程》等优秀影片，成为左翼电影运动名副其实的领导者。

左翼进步影片的大量出现和左翼电影运动取得的辉煌成就，使国民党当局十分恐慌。他们一面自办电影公司，拍摄反动影片与之抗衡；一面强化了电影检查，企图以此来压制和摧残左翼电影创作。他们不断发布禁止抗日电影拍摄的"通令"，加强了影片审查，甚至公然捣毁艺华影业公司。同时，国民党当局又以控制银行贷款等经济手段，迫使各电影公司服从其旨意，从而禁止了许多进步电影剧本的拍摄。这一系列的迫害手段和扼杀政策，使左翼电影运动的发展异常艰难。在日益加剧的迫害下，夏衍被迫退出了明星电影公司。然而夏衍等人没有放弃斗争，他们根据变化的形势改变斗争策略，最大限度团结左翼电影人。由于在之前的工作中他们与很多导演、演员建立了良好的合作关系，他们开始以不署自己名字的方式，用导演兼编剧的名义继续为各电影公司提供和修改剧本，进行抗日爱国电影剧本创作。此外他们也积极寻找新的阵地壮大力量。1934年春，属于左翼的电通制片公司正式成立，夏衍、田汉等人将继续领导左翼电影创作。电通公司相继拍摄了《桃李劫》《风云儿女》《自由神》《都市风光》四部颇具影响的左翼影片，产生了广泛的社会影响。

在短短几年间夏衍成功创作出多个电影剧本，并开创了自己的特色。他擅长以小见大，通过塑造典型人物来反映和揭示社会本质。这使得他的剧本既具有革命意义又非常真实，易于为观众接受。不过职业革命生涯的代价是一家人的聚少离多、妻儿的担惊受怕。所幸妻子蔡淑馨是接受过高等教育的新女性，非常支持夏衍的工作。在以后的岁月里，于各个历史时期，她都默默地协助着夏衍，风雨同舟，为他生育了一双儿女：女儿沈宁和儿子沈旦华。也正因为家人团聚的机会非常难得，这张温馨的合影（见第 174 页照片）才显得更加珍贵。

参考文献：

[1] 夏衍 . 懒寻旧梦录 [M]. 江苏文艺出版社，2012.

[2] 中国社会科学院文学研究所《左联回忆录》编辑组 . 左联回忆录 [M]. 知识产权出版社，2010.

[3] 陈坚，张艳梅 . 世纪行吟：夏衍传 [M]. 浙江人民出版社，2005.

[4] 夏衍 . 夏衍全集 [M]. 浙江文艺出版社，2005.

[5] 周斌，姚国华 . 中国电影的第一次飞跃——论左翼电影运动的生发和贡献 [J]. 当代电影 . 1993(2).

[6] 夏衍 . 以影评为武器 提高电影艺术质量——在影评学会成立会上的讲话 [J]. 电影艺术，1981(3).

[7] 凌鹤 . 左翼剧联的影评小组及其他 [J]. 电影艺术 . 1980(9).

郑振铎的 1923 年：
文学史上的一段传奇

郑振铎

（1898—1958），
字西谛，笔名郭源
新、落雪、西谛等，
出生于浙江温州。
现代杰出作家、学
者、翻译家、艺术
史家、训诂家。

我有如炬的眼，

我有思想如泉，

我有牺牲的精神，

我有自由不可捐。

我过不惯偶像似的流年，

我看不惯奴隶的苟安。

　　这首《我是少年》，表达的是 1919 年社会大
转折时代一名心怀天下的少年的心愿：创造一个
"自由平等，没有一切阶级一切战争的和平幸福的
新社会"。四年后，他的名字刊印在中国第一个大
型新文学刊物扉页"主编"二字的后面整整九年，
一直持续到 1932 年 1 月这个刊物因遭日军战火而

少年情怀的郑振铎在上海度过了他决不苟安的 1923 年。

停刊为止。

这本刊物叫《小说月报》，1923 年它迎来的是自己的第三任主编。此人有着颀长的身材，面目清瘦，戴着深度近视眼镜。拍这张照片时，26 岁的他正圆睁着明亮的眼睛，嘴唇紧闭，显得意气风发、踌躇满志，仿佛那"决不苟安"的火苗正在他的体内熊熊燃烧（**见第 181 页照片**）。

仍是少年情怀的郑振铎确实在上海度过了他决不苟安的 1923 年。

这一年，他的名字与《小说月报》紧紧联系在一起，他赋予了《小说月报》崭新的姿态，人与刊共同书写了中国现代文学史上的一

1923 年 1 月，郑振铎接替茅盾主编《小说月报》，在此期间他在《文学旬刊》《小说月报》等刊物上发表了大量的文学评论，提倡"血的文学、泪的文学"，批评"为艺术而艺术"的观点，成为当时与沈雁冰（茅盾）齐名的文学研究会的重要理论批评家。图为《血和泪的文学》内文。

段传奇。

《小说月报》能成为"文学研究会"的机关刊物，郑振铎是出了力的。作为文学研究会的发起人之一，1920 年一个北风呼啸的岁尾，他以该会领袖的身份在北京会见了急于给《小说月报》找到一位白话文名流作为主持者的商务印书馆编译所所长高梦旦。在北京铁路管理学校当学生时的郑振铎跟高先生一见如故，谈话十分投契。当时他没毕业，无法去上海，便推荐了一位已经在商务印书馆工作的"雁冰"同志先顶替一阵。"雁冰"后来给自己起了一个笔名"茅盾"，高梦旦先生后来则成为郑振铎的岳父。

沈雁冰主持编辑业务后，出色地完成了商务印书馆改革派的目标，一举击退封建守旧派的古文把持，一改往日鸳鸯蝴蝶派的风格，大刀阔斧地进行了全面革新。从此《小说月报》以崭新的面貌出现于中国文坛。两年之后，已经放弃了上海铁路南站稳定工作的郑振铎接任了沈雁冰的主编职务。

无论是文学的革新还是文化的进步，都离不开高质量的思想层面上的交流与碰撞，1923 年是郑振铎接任《小说月报》主编工作的第一年，对他而言，这无疑是一份需要极大担当和勇气的工作。《小说月报》作为新文学的阵地，如何经营管理，又如何让这片已经开垦的沃土焕发出新的生机，无不考验着郑振铎的能力与魄力。

郑振铎充分沿袭了沈雁冰的改革精神，全力倡导"为人生"的现实主义文学。1958 年当巴金回忆自己初登文坛的情景时，不能忘记郑振铎的名字："他关心朋友，也能毫无顾忌地批评朋友，而且更喜欢毫无保留地帮助朋友。他为人正直、热情，喜欢帮助年轻人，鼓励人走新的前进的道路。三十几年来有不少人得过他的帮助，受过他的鼓舞，我也是其中之一。"巴金第一首公开发表的新诗《被虐者底哭声》就是响应郑振铎在文学研究会时提倡的"血和泪的文学"的号召而创作的。在《小说月报》上，郑振铎编发了使巴金一举成名的小说《灭亡》，并在连载完后盛赞了这部作品："曾有好些人来信问巴金是谁，这连我们也不能知道。他是一位完全不为人认识的作家……然这篇《灭亡》却是很可使我们注意的……"认为它将来"当更有受到热烈的评赞的机会"。

老舍在伦敦写完《老张的哲学》之后，经过许地山的推荐，在郑振铎主编的《小说月报》上连载，从第二期开始署名"老舍"，从此这个名字声威赫赫，名震文坛。郑振铎在 1926 年 6 月的《小说月报》"最后一页"栏内专门为这个当时的文学新人做介绍："舒庆春君的《老张的哲学》是一部长篇小说，那样的讽刺的情调，是我们作家们所尚未弹奏过的。"高度评价了作品的表达，尤其讽刺艺术，勉励老舍再接再厉。

作为一名出色的编辑，郑振铎确实在发现新作者、推荐优秀作品方面不遗余力。这一年，他为叶圣陶的《稻草人》、熊佛西的《青春底悲哀》、耿济之的译作《人之一生》等作品作序，并且在《小说月报》中推荐鲁迅的小说集《呐喊》。正是在《小说月报》主编的任上，他赢得了"南迅（鲁迅）北铎"的美誉。

除此之外，作为一名学者型的作家，在郑振铎手下，《小说月报》增开了"整理国故与新文学运动"栏目，紧跟时代热点；他注重发表文学论文，提倡创作与评论并重；同时他还大力推荐外国文学的译作，自己更是身体力行动手翻译了很多"俄国"小说和印度文学。

1923 年起，郑振铎开始在《小说月报》上连载《俄国文学史略》一文，在中国首次完整系统地勾勒了俄国文学发展史的基本线索。当时的俄国正处于无产阶级革命时期，新的思想和新的生机随着俄国文学的译介走进了中国文坛，也走进了当时处于晦暗之中的中国，在五四运动时期的读者中颇具影响力。此外，郑振铎还翻译了俄国作家、革命家路卜洵（1879—1925）的《灰色马》，在《小说月报》上连载，扣人心弦的除了文章本身的跌宕起伏，更在于其中反映的当时俄国的社会革命思想与人民的反抗精神。他还在报刊中推荐果戈里、契诃夫、高尔基等人的作品，在读者中引起了强烈的反响。

印度文学方面，郑振铎翻译的泰戈尔的诗集《新月集》也在1923年出版。几年前，在许地山的引荐下，郑振铎对泰戈尔诗歌产生了浓厚兴趣。他的翻译成为中国系统、大量翻译泰戈尔诗作的开始。冰心曾对泰戈尔的诗作评价道："觉得那小诗非常自由，就学了那种自由的写法，随时把自己的感想和回忆，三言两语写下来。"泰戈尔的诗歌创作受到了西方文风的影响，却不囿于单纯浪漫主义的抒情或写实主义的白描，而是将两者结合起来，通过精妙的象征手法将诗歌的精神和情感的波动变化寄托在不同的意象之中。从飞鸟到新月，从雨滴到月光，经郑振铎的翻译，泰戈尔清新自然的诗歌风格不仅极具可读性，更是引发了许多作家文风的转向。那些优美简短的小诗影响了冰心等人的创作，促使20年代的诗坛小诗和散文诗风行。文坛新风向的产生，离不开郑振铎

郑振铎还是一位重要的文学史家和文献学家。从20世纪20年代初开始，他就从事中外文学的比较研究，他的《俄国文学史略》《文学大纲》《插图本中国文学史》《中国俗文学史》等，史料丰富，眼界开阔，特别是他对民间文学和小说、戏曲的资料收集和研究，具有很高的学术价值。

和他的《小说月报》的推动。

在郑振铎的策划下,《小说月报》出版了"泰戈尔号""拜伦号""安徒生号"等专号。传统的文学类报刊往往存在多而不精的弊病,尽管能够做到全盘兼顾地刊登不同作家的优秀作品,却因版面篇幅所限,难以对某一个优秀作家的系列作品就其创作手法、创作风格、文学贡献等相关议题进行深入分析探讨。《小说月报》这种就一个专题进行深入讨论的崭新形式,大大改变了传统报刊编辑模式,使读者获得了丰实的阅读感受。

此外,《小说月报》还十分重视和读者的交流,它组织读者的评论征文活动,发表读者来信,使广大读者都有反馈意见和对话沟通的机会。这种做法大大激发了文学爱好者的创作交流热情,有来有往的征文与评论活动更是改变了传统报刊的单向传播模式,为读者开辟了反馈和发声的平台,也因此而大受欢迎。在这种不断讨论互动的状态下,《小说月报》的内容质量都稳步提升。很难想象这样一份从内容到形式都焕然一新的报刊,几乎是由郑振铎一个人独立完成的,《小说月报》成为五四时期新文学交流的最重要的平台。

在文学理念上,郑振铎一生坚持革命的现实主义文学理论,强调文学不仅仅是文字游戏,更是刀枪剑戟,是社会变革的武器。他曾在《血与泪的文学》中提出时下文坛和社会真正需要的是"血和泪的文学",是真正能够针砭时弊,反映民生疾苦的优秀文学作品,是在那个黑暗的年代能够划破长空,触及社会最深处痛楚的文字。作家李健吾曾说,郑振铎"永远是出生入死的先锋官,为追求理想而在多方面战斗的一位带头人"!

1923年从年初到年尾,郑振铎的工作都排得满满的,他将全部精力都放在推动新文学发展的事业上。他始终怀着最质朴的赤子之心,以少年的进取精神投身于自己所热爱的文艺事业中，他的初心单纯谦虚，他工作起来又像最具魄力的船长。这位年轻编辑的名字，将成为中国现代文学史上无法避开的一页，永远闪耀着智慧、热忱而谦逊的光芒。

参考文献：

[1] 郑振铎 . 一九一九年的中国出版界 [J]. 新文学史料，1979(3):50—51.

[2] 郑振铎 . 最后一次讲话 (1958 年 10 月 8 日)[J]. 新文学史料，1983(2):168—171.

[3] 郑振铎 . 郑振铎选集 [M]. 福建人民出版社，1984.

[4] 郑振铎 . 中国新文学大系：文学论争集 [M]. 上海文艺出版社，2003.

成仿吾与陕北公学

——1937年成仿吾在延安

成仿吾

（1897—1984），
原名成灝，湖南新
化人。现代文学批评
家、作家、教育家。

照片中站在校长室门前的男子正是延安陕北
公学的校长成仿吾，他打着绑腿，穿着布鞋，朴
素得如同一名普通的八路军战士，眼睛里闪烁着
睿智干练的光芒（**见第189页照片**）。在那个炮火
连天的年代，成仿吾带领下的陕北公学为许多有
志于救国救民的青年撑起了一片浩瀚星空。

成仿吾生于湖南省一个小村庄的知识分子家
庭，父母对教育的重视和幼年时期的启蒙让他自
小就深知持续学习的重要性，13岁就独自到日本
求学的经历也让他对青年学子生活学习中需要面
对的种种困难深有体会。

在日求学期间，成仿吾第一次接触到了同盟
会成员，也深深了解了他们为中国的解放所付出

　　成仿吾站在他的校长室门前，打着绑腿，穿着布鞋，眼睛里闪烁着光芒。

的心血和努力。当时同样在日留学的爱国青年陈天华是成仿吾的同学，也是他的朋友。陈天华为抗议日本侵略者、唤醒同胞的救国热情不惜蹈海自杀，让成仿吾受到了极大的震动。在日本的学习经历和周围爱国志士的行动都对成仿吾决心走向革命起到了推动作用，后来他放弃学工，改学文学并走上了文艺革新的道路，还和郭沫若、郁达夫等人共同组织了"创造社"，创作了大量启发民智、唤醒民众爱国热情的文艺作品。

就这样，成仿吾怀揣着满腔爱国救亡的热忱，一直从事革命宣传教育工作。工作中他逐渐意识到，挽救中国应该从教育改造广大青年、向更广泛范围内的人民群众宣传进步思想开始，唯有如此，才能使更多的人实实在在地感受到革命的力量，投身到更广阔的天地之中为祖国和民族的未来而不懈奋斗。

1937 年 7 月，日军全面侵华战争开始后，大批爱国青年奔赴延安寻求救国之路。中共中央决定创办一所新的学校，培养抗日干部，成仿吾就被委任为党委书记兼校长。在当时的中国，这样的学校还是第一所，并没有任何前例可以参考借鉴；与此同时这所学校也承担着极为艰巨也极为重要的任务。正如毛泽东在 1937 年为陕北公学的题词所言："要造就一大批人，这些人是革命的先锋队。这些人具有政治远见。这些人充满着斗争精神与牺牲精神。这些人是胸怀坦白的、忠诚的、积极的与正直的。这些人不谋私利，唯一的为着民族与社会的解放。这些人不怕困难，在困难面前总是坚定的、勇敢向前的。这些人不是狂妄分子，也不是风头主义者，而是脚踏实地富于实际精神的人们。中国要有一大群这样的先锋分子，中国革命的任务就能够顺利地解决。"

这是方向，也是重任。从接下这个担子的那一刻起成仿吾就深知

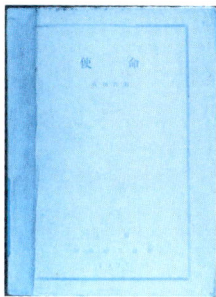

时间紧迫、责任重大。他采取了边筹建、边招生、边编班上课的办法，先将已经被推荐来延安深造的学员编入班级上课，然后在《新中华报》等报纸上刊登招生启事。10 月份时陕北公学已经招到了 600 多名学员。1937 年 11 月 1 日，陕北公学正式成立，并举办开学典礼。学校以"忠诚、团结、紧张、活泼"为校风，注重教育和生产劳动的结合，注重理论和实际的结合。

作为校长，成仿吾亲自给学员授课，其他教员上课时他也会来旁听。他还经常向师生征询对教学工作的意见。"新来的学生往往就是以干部的作风和一言一行来认识中国共产党和中国革命的。"在这样的认识下，成仿吾十分重视身教，以身作则，坚持认为学生来到学校学习，不仅是要学习文化知识和战斗知识，更要培养艰苦朴素、志存高远的精神。也正因如此，成仿吾作为校长一直坚持严格要求自己，生活十分简朴，常常穿一件补了又补的衣服，从不因自己的领导身份在学校要求特殊待遇，堪称艰苦奋斗的典范。

成仿吾作为校长，除了亲自进入课堂讲课外，每天还和学员一起早起到操场跑步。朝夕相处之中，成仿吾的真诚和热忱也让学生们在抗战大后方的学校中感受到了家的温暖。日寇大扫荡时，他亲自安排学校教授和学生的藏身地点，更是隔几日就骑马前往分散的各处去送银圆。有一次，

成仿吾的文学活动主要以文艺批评为主，他通常被看作是创造社的理论发言人。在 1927 年出版的文学评论集《使命》中，他主张文学创作是内心世界的外化，即"自我表现"说。到 20 世纪 20 年代后期，他的文学思想发生剧烈的转变，率先提出"从文学革命到革命文学"的口号，成为无产阶级革命文学运动的倡导者。

他在路上遇到七八个奔赴工作岗位的学员，他怕学员们在路上生病中暑，就把随身携带的药品"十滴水"送给了他们，这种药在当时的延安十分珍贵，成仿吾对学生却倾囊而出，毫不吝惜。每到晚上休息时间，也不忘到学生宿舍去与学生聊聊天，嘘寒问暖，学生感动之余，上课还大着胆子递条子说："你是我们的妈妈。"就这样，成仿吾被学员们亲切地称为"妈妈校长"，这个称号后来也伴随着他的辗转流传了近半个世纪。就是在成仿吾的垂范下，陕北公学成了一个平等、团结、友爱、温暖的大家庭，革命青年们在这里相互信任和尊重，共同学习和进步，成了坚定、勇敢、爱国的抗日战士。

陕北公学在半年多的时间里接收了2000多名学员，1938年又在关中看花官开办了分校，学员最多时达到了3000人。成仿吾探索出来的办学经验也为其后的干部高等教育提供了借鉴。陕北公学也就此开创了党办高等干部学校的先河，为抗日战争最终胜利做出了贡献。

1939年7月，陕北公学与延安鲁迅艺术学院的部分师生、安吴堡青年训练班、延安工人学校合并为"华北联合大学"，成仿吾仍然任校长。随着革命形势的变化，华北联合大学的教育方针调整为：为革命实际斗争的需要而培养革命干部；注意理论与实际相结合；贯彻少而精和通俗化的原则。校训是"团结、前进、刻苦、坚定"，此外，华北联合大学实行军事化管理，希望培养出大量能够适应在战争条件下高效工作的干部。

华北联合大学成立的第二天，成仿吾就率领全校1500多名师生从延安出发，冒着日军的炮火，勇渡黄河、越过吕梁山，来到大后方晋察冀边区继续办学。师生们分散在各村落住宿，集中起来时就上课。成仿吾仍然坚持自编教材和讲课，并组织师生与日军周旋。

在这样艰苦的环境中，华北联合大学竟然发展到4000人，被誉为

"插在敌人心脏上的一把剑"。连英籍教授林迈克都感叹："在敌人后方的解放区，中国有一批国内第一流的著名学者、教授，在艰苦的条件下办大学，这是历史的奇迹。"这奇迹是每个为国奋斗、不惧牺牲的中华儿女共同创造的，也是成仿吾等爱国教育家辛苦奋斗的结晶。

哪怕在晋察冀边区最困难的年代，面临着敌人的封锁，根据地面积不断被蚕食，粮荒严重，生源也大幅度减少，华北联合大学也从未停止教书育人的步伐。经过了两次缩编之后，仅保留教育学院的华北联大仍然培养出了一批又一批的教育工作干部，在这期间，不少干部、学员在战斗中牺牲，又有更多的新生力量加入进来，也正是凭着一年又一年的坚持，薪火相传之中，华北联合大学在残酷的敌后战场办学 6 年，培养出优秀干部逾万人。

成仿吾为华北联合大学创作的校歌这样唱道："跨过祖国万水千山，突破敌人一层层封锁线……到敌人后方开展国防教育……"成仿吾将延安的革命精神带到了华北山区，把革命的火种播撒在了每个学员的心中。成仿吾晚年回忆起这段经历，也感慨万分。他曾经这样总结自己的一生："我是从文学革命到革命文学，从文化人到革命战士。"他走出书斋，走进革命的广阔天地之中，走向更多的爱国青年和年轻的同志们、战友们，用自己的智慧与热忱，在教育事业中不懈耕耘。成仿吾先生点燃了炬火，也用自己脚踏实地的努力传递着炬火，这些革命的火种终将形成燎原之势，映红千万战士所期待的那个光明灿烂的未来。

参考文献:

[1] 李夫泽 . 成仿吾评传 [M]. 西南交通大学出版社，2008.

[2]《山东大学百年史》编委会 . 山东大学百年史 [M]. 山东大学出版社，2001.

[3] 余飘，王畅 . 成仿吾研究的新开拓 [M]. 当代中国出版社，1998.

[4] 宋荐戈等 . 成仿吾教育实践与教育思想 [M]. 湖南教育出版社，1997.

[5] 余飘，李洪程 . 成仿吾传 [M]. 当代中国出版社，1997.

[6] 王梨花 . 成仿吾与延安时期党的干部教育 [D]. 湘潭大学，2013.

[7] 李秀玲 . 成仿吾高等教育思想研究 [D]. 江西师范大学，2011.

[8] 于守任 . 成仿吾教育思想研究 [D]. 山东大学，2011.

后 记

　　谈论作家的文字在今天受到了读者一定程度的欢迎。作家，正如洪子诚老师说，他们"教给我们想象，使我们的语言有了更新的活力，创造了尽管是虚幻的对话的对象，让我们这些终日为各种卑琐欲望折磨的人，不致惶惶无着，有所寄托，有所希望"。

　　现代作家的白话文写作，百年延续下来，已经形成了蔚为大观的"传统"。被我们记住的现代作家，可能是很不相同的。有的是作品具备穿越时代的力量，有的是有许多或者凄婉，或者悲壮，或者传奇的动人故事。当然，也有的是文章既写得好，身世经历又动人。在历史的尘土中挖掘他们留下的故事，仿佛在警幻处偷看十二钗的画册。斯人已去，大浪淘沙，唯尘封的一纸照片记下瞬间的面貌笑容，这后面的血泪或者欢笑还能打动今天的你吗？

本书缘起我在中国现代文学馆展览部的经历。在唐文一老师担任主任期间，我们夙兴夜寐，用了将近四年时间，和清尚公司共同完成了常设展览"中国现当代文学展"。展览中出现作家照片约1000幅，每天跟这些老照片打交道，似乎也产生了一点感情、一点意味。不过"山中何所有，岭上多白云。只可自怡悦，不堪持赠君"。

谁料展览开幕后，在唐文一主任的强力鼓动下，我和部门的另一位文案崔庆蕾博士竟一起开动了两部展览配套丛书的写作，干劲十足地想让这些保存在档案袋、印刷在展板上的照片再增一重面相、再添一种风貌、再多一次生命。与学术研究论文不同，唐主任强调的是趣味性、可阅读性，并规定了"一事一议"的写作原则。因此书稿在内容上求的是生动有趣，同时尽量提供一定的学术史背景，蕴蓄笔者诚挚的遥想，展现先生们各具特色的性格和曲折坎坷的人生。

2013年开始创作，书稿完成后时光流转，七年倏忽而过，此次幸赖中国作家协会重点扶持计划中的现代文学馆馆藏研究出版基金资助得以面世，特致谢忱。原著100篇，现选出27篇，疏漏之处请多指正。

感谢唐文一、计蕾两位老师的信任与培养。大家真心相见，结下终身友谊。感谢周立民老师，他用行动表示的鼓励给了我巨大的精神支持！感谢崔庆蕾老师，促成了本书部分稿件在"中国作家网"微信公众号上发表。感谢梁飞副馆长，没有他的奔走支持，本书只能永远尘封于电脑的角落里。感谢李洱副馆长数次的亲自顾问，并拨冗作序。感谢中国言实出版社有限公司薛磊先生的精心策划，感谢马老师在出版环节伸出援手。谢谢你们！

王 雪

2020年5月于中国现代文学馆A座304室